Sumário

Com tanto nome feio que só podia acabar em briga

- O sol ainda nem tinha se acochambrado por detrás da Serra do Malho Mole quando o pau cantou – revela seu Ínio - de nome Arquiteclínio Petrocoquínio Bezerra - em tom de segredo que se deve espalhar logo, conferindo com o rabo do olho se tem alguém na butuca, não que seja motivo para ele parar com a "segredagem". Serve mais para chamar o circunstante bisbilhoteiro para ouvir o resto da história e ajudar a espalhar a confidência.

- Dona Graci, (Graciosa Rodela D'Alho), meteu a mão nos cornos de Dona Tina, (Holofontina Fufucas Pinto) proprietária do minimercado Pinto Tem. Foi só a mão bater no cachaço dela que a perereca saltou da boca para se escanchar nos peitos da outra, enfiando-se decote adentro.

Ínio está afogueado. Ele fica sempre assim quando tem mexerico novo para contar. É do feitio dele querer segredar logo tudo, sem risco de perder detalhes que viu com olhos de espiar a vida alheia e oiças de ouvir maledicências. E pode deixar que pela boca vai se encarregar de buzinar os acontecidos na cidade inteirinha, que ninguém é túmulo pra enterrar segredo.

- A "sapigoitada" de Dona Graci nas ventas de Dona Tina pôs fogo nos Pinto todos. Nunca se tinha visto tanto Pinto junto quanto na ocasião de socorrer a esbofeteada: Seu Amável Pinto, Dona Dina (Mijardina Pinto – isso é lá nome que um pai dê a uma filha!), Seu Modesto (Orlando Modesto Pinto), as irmãs Pália, Pélia, Pólia e Púlia de Souza Pinto (primas da despererecada) e também Dona Zelinha, (Zélia Tocafundo Pinto) e a doutora Genetíldes, que não tinha Pinto porque era Aguiar, mas fazia questão de dizer que adora Pinto.

-Minha Santa Genoveva, mataram a coitada da Dona Tininha? - Pergunta a senhora Dona Finó (Finolina Piabulina), proprietária do armarinho Piabulina Corta e Costura Pra Fora e Pra Dentro, na rua do Comércio, 132.

    - Mataram coisa nenhuma, ôxente. O marido de Dona Graci, a arranca perereca, Seu Fri, nomeadamente Free Wiliam da Silva, juntou-se com o jovem Inocêncio, (Inocêncio Coitadinho, o sobrenome é esse mesmo), mais Seu Telé (Telésforo Barbosa), Seu Borges (Sincero Borges), mais um magote de maus elementos: Valdir (Valdir Tirado no Grosso), Seu Vovó (Voltaire Rebelado de França), Tocagaita (Victor Hugo Tocagaita) e, juntos, entraram na briga.

    No grupo que se formara para escutar as inconfidências de Seu Ínio, escancarando os ouvidos de par em par estavam Dona Evodóvia, a senhora Dona Deusarina, Seu Zé Catarrinho (sobrenome verdadeiro), a enxerida da Dona Lelê, (Leda dos Prazeres Amante), a alcoviteira da Dona Maricota (Maria da Segunda Distração) além de Dona Rabi (Rabigunda Cercená Vicensi, auto proclamada italiana, mas angolana de nascimento). Ninguém dava um pio, prestando toda atenção nos detalhes pra o chafurdo não carecer de fé.

    - A confusão só parou quando o padre Rê-Rê (Renato Pordeus Furtado) chegou ditando ordens para que barrassem aquele fuzuê. A autoridade eclesiástica se fazia acompanhar das beatas Dona Bel (Isabel Ignorada da Silva), Dona Perci (Percilina Pretextata), do sacristão Sessé Bubu (Sansão Vagina), Seu Fri-Fri (Fridundino Eulâmpio) porteiro da igreja, solteirão e rezador inveterado.

    Foi todo mundo preso, menos o Senhor Seu Vigário e sua ilustre comitiva de carolas. Na delegacia, o sargento-delegado Manu (Manoel do Sovaco de Gambar) deu um grito-autoridade e mandou Seu Hipo (Hypotenusa Pereira) com a ajuda do praça Océ (Oceano Atlântico Linhares) meter todo mundo no xilindró, sem mais procrastinações nem pra-quê-issos.

    Ordem dada, ordem cumprida. Pronto, acabou-se e

FIM*

Fim, não.

Tudo isso era para ter se dado e passado em Entrepelado, distrito da cidade gaúcha de Taquara a vinte quilômetros de Porto Alegre. Mas, por se tratar de ficção, pode ter acontecido em Pintópolis (MG), Venha-Ver (RN), Varre-e-Sai (RJ), Bofete (SP), Tumtum (MA), Cuparaque (RS), Rolândia (PR) Caixa-Prego (BA) ou Veado Velho (CE). São nomes de municípios registrados pelo IBGE. Em se tratando de pessoas, os nomes todos estão assentados nos cartórios de registro de nascimentos do Brasil. Inclusive o do doutor Dezêncio Faverêncio de Oitenta e Cinco e de Dona Ferônia Boca da Noite que por suspeitosas razões não entraram nessa história. Mas que tinham nomes e sobrenomes para constar, lá isso tinham.

Agora é FIM mesmo. Pronto e acabou-se.

A Consulta

A saga de três velhinhas na busca por atendimento médico.

Acordou com as galinhas como fazia todos os dias, desde que Seu Florisvaldo, o marido, morreu de uma gripe mal curada. E de reumatismo, também. Já não era sem tempo. Estava com Alzheimer, caduco, completamente surdo, locomovendo-se numa cadeira de rodas. A morte o levou para descansar – já que vivia cansado de não fazer nada. Tinha 87 anos, quando deu sossego à mulher e às duas cunhadas. De herança, uma caderneta de poupança com pouco mais ou nada, uma pensão um tiquinho maior que o salário mínimo, um relógio Grão-Duque e o barbeador de lâmina gilete azul com um pincel de pelo de camelo e a cumbuquinha de latão prateado, onde ele fazia a espuma de passar na barba. Valioso mesmo só uma caneta-tinteiro Parker 51 e um revólver calibre 32 que ela deu ao neto mais velho. Esquecido num canto, o chinelo roto de que ele tanto gostava - foi logo descartado no lixo. Ah, herdaram também a obrigação de cuidar de uma dúzia de passarinhos: canários belgas, papa-capim, curió, galo de campina, concriz. Bonitinhos e trabalhosos.

Dona Maroca tinha duas irmãs: Sinhá, a seguinte a ela com 82 anos, era uma *lady* – surda de fazer dó. E Amparo, 78, de apelido Páru, com um bundão de mais de metro, medindo-se na horizontal. Pernas cambetas entronchadas pelo peso dos quase cem quilos que transbordavam do corpinho que nem nos melhores tempos chegara a metro e sessenta. Beata, tinha humor de cão. As irmãs falavam que ela se fazia de surda, mas ouvia tudo quando o assunto era a vida alheia. Especialmente os namoros dos jovens e mexericos sobre mulheres que pulavam as cercas do casamento. As três adoravam esse tipo de fuxico.

Dona Maroca, jovial e irreverente, há muito deixara os 87 e entrara nos 88 anos irradiando saúde e alegria com suas histórias saborosas das primeiras décadas do século XX.

- Quando a gente era mocinha, apareceu por aqui um jovem muito bonito. Um "chuchuzinho". Era caixeiro-viajante, bom-partido. Tinha profissão e podia casar – contava sentada à mesa da sala, cercada pelas irmãs e sobrinhos-bisnetos. Elas, as irmãs, incomodadas. Eles, os bisnetos adolescentes, divertindo-se.

- Naquele tempo os vestidos iam até os pés. Era tanta anágua, espartilho, batas, armação, calçola, califom, meias, ligas, corpete, laço na cintura, chapéu, luvas. Aperta daqui, amarra dali, mangas compridas para não deixar os braços de fora. Impossível algum pretendente ter a mínima ideia do que vinha embrulhado naquela confusão de panos. Um risco danado que os moços corriam. Muitas vezes, só iam descobrir o tribufu com quem tinham casado na noite de núpcias. Aí não tinha mais jeito...

- Maroca, por favor – reclamava Páru, a beata da bunda grande.

Esses papos eram sempre em torno da mesa de refeições, na sala - comprida, madeira de lei, verniz quase preto, lugar para dez pessoas sentadas confortavelmente. As "tias" estavam ali por que os pais dos jovens viajaram ao Recife para uma operação na vista da mãe deles. Descolamento de retina, cirurgia de alto risco, já que era nos olhos e podia deixar a pessoa cega.

- Os vestidos daquela época, importados diretamente da finíssima *Parc Royal,* do Rio de Janeiro eram muito longos. Mas começaram a mostrar os calcanhares das moças. Ousados. E calorentos, principalmente nas partes. Quando alguma jovem, por um "proposital descuido" mostrava mais que os calcanhares, os rapazes enlouqueciam, contava Dona Maroca.

- Só moças "atiradas" faziam essas sem-vergonhices, protestou uma delas.

Do seu canto ao lado da cabeceira da mesa, *lady* Sinhá sentia-se cada vez mais desconfortável. É a mais refinada das três. Se veste com fidalguia, não dispensando o perfume francês, uma redinha segurando os cabelos pintados de dourado presos em um coque, bem arrumadinho e as roupas perfeitamente passadas a ferro. Os óculos de grau, de armação muito fina, realçavam o ar de nobreza da "irmã do meio", nascida depois de Dona Maroca, mas antes de Dona Páru. No ouvido esquerdo o aparelho de surdez enorme cujo controle, na altura do busto, se escondia por trás de um medalhão de ouro com a foto do finado marido.

- Pode falar – resmungou *lady* Sinhá, sem perder a pose, porém indignada. - Pode falar que eu já baixei todo o volume para não ouvir suas mentiras indecentes. Está perto do dia em que você terá de prestar contas ao Pai Eterno. E aí, eu só quero ver.

- Já que a Sinhá não está ouvindo – Dona Maroca provocava - eu vou contar os assanhamentos dela.

- Maroca! Eu estou ouvindo, sim! E ouvindo muito bem!

Os jovens não se seguram e riem alto.

- A Sinhá sempre foi a mais danadinha – segreda Dona Maroca enquanto a "irmã do meio" finge não ouvir.

- As três estávamos disputando o caixeiro, aquele partidão. E a Sinhá, como sempre, deu um "lance" mostrando mais do que o calcanhar. Apareceu também um meio palmo da canela dela. Um escândalo, mesmo de meias. Uma imoralidade. O rapaz endoidou. Ficou subindo pelas paredes. Pediu ela em casamento, ligeirinho.

- Maroca, tenha modos. Você é a mais velha e fica falando essas coisas na frente dos meninos. Dê-se a respeito, minha irmã.

- Você devia dar o exemplo – esbravejava Dona Páru indignada, cabelos totalmente brancos presos por uma marrafa faltando alguns dentes

- Deixa de besteira você também, Páru, sua sonsa. Me respeite.

- Se quer ser respeitada, dê o exemplo pois é dando que se recebe, já dizia São Francisco – retruca piegas, "a mais nova" impressionando-se com a própria vivacidade da resposta.

- É dando que se recebe, o quê? É dando que se arranja um bucho, isso sim – devolve a mais velha em meio a uma gargalhada que lhe sacode os seios. E completa:

- A filha de Seu Pedro da padaria foi seguir essa sua filosofia e arranjou foi um bucho.

Eram assim divertidas, cheias de muitas histórias "daqueles tempos", de tiradas engraçadas as arengas das três velhinhas, na hora do jantar. A conversa que fazia a alegria da "mais velha", deixava *lady* Sinhá desconfortável e Dona Páru, a da bunda grande, indignada. E, claro, divertia a adolescência dos jovens embevecidos com o bate-boca das três irmãs.

Elas tinham vindo de Ceará Mirim, a 30 quilômetros de Natal, porque os pais dos jovens ainda permaneciam no Recife onde a mãe deles foi cirurgiada.

Mas aquele domingo não seria um dia feliz para Dona Maroca e suas irmãs. De volta à cidade dos canaviais e cumprindo a tarefa deixada por Florisvaldo, o finado, ela subiu num tamborete para retirar as gaiolas e cuidá-las. Uma após a outra, vão sendo colocadas no chão para limpeza, troca das águas, completar os coxos com painço e alpiste. Sem esquecer a folha de couve, iguaria dominical. Os belgas recebiam tratamento especial. Metade de uma gema de ovo cozida misturada aos grãos, para manter viva a cor.

Quando chegou a vez da gaiola de Fabão, o concriz que a todo instante assobiava a primeira estrofe do hino nacional, aconteceu o que já se esperava. No momento em que Dona Maroca, do alto do tamborete retirava a gaiola, o pássaro com seu bico agulhado, acertou-lhe uma bicada fina e dolorida, na mão direita.

Derrubada pelo susto mais do que pela dor, estatelada no chão, ela não compreende bem o que se passou. Ali prostrada, vê Fabão sobre a gaiola do galo de campina bater asas e voar para a fresca liberdade de uma das árvores do quintal.

Dona Maroca quer se pôr de pé, mas não encontra equilíbrio na perna esquerda que começa a latejar. Tenta mais uma vez. Chega a se erguer, mas torna a cair.

- Sinhá! Páru! Acudam aqui, pelo amor de Deus. Eu caí e não consigo ficar em pé. Acudam.

A casa permanece em seu silêncio preguiçoso. Das árvores, rolinhas descem para o quintal em busca do painço e do alpiste lançados diariamente para elas, primeiro por Seu Fortunato e depois pela própria Dona Maroca. Hoje, devido à queda, o ritual não está sendo cumprido.

- Sinhá! Páru! Suas velhas imprestáveis, me acudam aqui. Minha perna está doendo muito. Socorro.

Tudo é silêncio na casa alpendrada de três cômodos, com o sol se metendo pelos buracos do telhado para esparramar os primeiros raios no chão de cimento queimado do corredor e no ladrilho hidráulico da sala de jantar. O silêncio é tão grande que dá até para ouvir o ronco cadenciado de Dona Páru e o nobre ressonar de *lady* Sinhá.

Os passarinhos que haviam se assustado com a queda e os apelos de Dona Maroca, se aquietaram. Mas voltam a se agitar. É que Xanéu, o gato da casa, adentra a varanda espalhando o pânico entre os engaiolados.

Dona Maroca também se apavora. O gato, cinza e branco, avança lento, mas decidido na investida cuidadosa, na direção dos encarcerados. Ela tenta alcançar uma das sandálias para afugenta-lo, mas não consegue. A perna dói muito, o joelho inchado parece uma bola. Tenta se arrastar. Mais dor.

- Pelo amor de Deus, acudam aqui, velhas caducas. Xanéu vai comer os passarinhos. Acudam. Sinhá! Páru! Socorro.

O felino que já enfiara uma das patas por entre as grades de arame da gaiola do galo de campina, para por um instante olhando com desdém a velhinha caída.

- Que foi, Maroca? Pare com essa gritaria ou você vai acordar os vizinhos – a voz irritada vem de dentro da casa. Xanéu conseguira virar a gaiola do galinho de campina que se debatia desesperado na sua prisão, fugindo das garras assassinas.

- Eu levei uma queda, suas velhas inúteis que só sabem roncar e peidar. Acudam aqui... depressa ou Xanéu vai comer os passarinhos.

- O que está acontecendo? Que barulheira é essa, Páru? Ninguém pode mais dormir nesta casa? – *Lady* Sinhá, sem perder a *finesse*, trajando um robe de chambre de seda com cheiro de alfazema, na porta do quarto da caçula.

- Olha aqui, Sinhá: vá reclamar com a Maroca que é quem está aprontando essa gritaria toda. Só porque Xanéu está enchendo o saco dos passarinhos, ela quer que a gente é que vá lá espantar o danado do gato. Você não sabe como é a Maroca? Não conhece ela? É desse jeito, sempre teve tudo nas mãos.

- E por que ela mesma não tange o gato? Hein, Maroca, por que você mesma não espanta o gato? – Pergunta *lady* Sinhá, elevando a voz para ser ouvida pela irmã mais velha.

- Porque eu não consigo me levantar... eu...

- E por que não consegue? – pergunta Páru, desconfiada.

- É que eu levei uma queda, sua velha tonta. Acho até que quebrei a perna...

- E o que tem o gato a ver... – Dona Páru não termina a frase. Agora tem certeza que alguma coisa grave acontecera com a irmã.

- Virgem minha Nossa Senhora! Valei-me meu Pai Eterno! Você caiu, foi Maroca? – Dona Páru sai do quarto apressada, no passo trôpego das pernas tortas, em direção do alpendre. *Lady* Sinhá, embora preocupada também, primeiro retorna ao seu aposento para pentear o cabelo e se perfumar. Hábito de que não abre mão, mesmo em situações como aquela.

- O que você acha, sua lesa? – Dona Maroca responde tão logo a irmã "mais nova" aparece na porta do alpendre. O gato, a estas alturas, para tranquilidade dos pássaros e da velhinha caída, escafedera-se apavorado com a algazarra.

Lady Sinhá aparece na porta explicando que demorara porque não conseguia achar o talquinho, "Uma necessidade", justifica-se.

Junto com Dona Páru, tenta colocar a irmã "mais velha" de pé. Até conseguem. Mas só por alguns segundos. Dona Maroca não se sustem, mesmo amparada. Na queda, leva junto Dona Páru.

- Você sempre foi assim destrambelhada – resmunga *lady* Sinhá, pecando contra sua educação nobre.

Dona Páru tenta se erguer. Mas o contrapeso da bunda imensa, as pernas vergadas e as dores da idade, impedem que consiga. *Lady* Sinhá arrisca puxa-la pela mão. Quase cai, ela também.

- Pelo menos tenha modos, Páru. Feche essas pernas, puxe o vestido. Quem já viu uma pessoa da sua idade deixar à mostra até as roupas íntimas!

- Vá à merda, Sinhá – Dona Maroca perdendo a paciência - isso lá são horas de você ficar com frescuras. O que é que tem que o fundo das calças dela esteja aparecendo? Está sujo, por acaso? Já que não pode fazer nada, veja se chama algum vizinho que possa nos ajudar. Mas, pelo amor de Deus, faça alguma coisa, sua lerda. Estou com muita dor. Mexa-se, velha mouca!

Uma vizinha e o filho de 16 anos são a salvação. Despertados pela algazarra das velhinhas, veem socorrê-las. Não é fácil erguer Dona Páru. O bundão da velhinha, quase derruba o jovem.

A acidentada precisa ser removida imediatamente para o pronto-socorro. São necessários dois carros, um deles com a vítima, *lady* Sinhá e a vizinha, além do motorista. O outro, o fusca velho de um senhor que mora na casa em frente. É muito difícil acomodar Dona Páru e o seu enorme traseiro nos bancos acanhados do minúsculo veículo. Por mais que tentem, não conseguem que chegue ao banco traseiro.

Dona vai mesmo no banco da frente, uma complicação para o motorista trocar as marchas. O excedente de bunda esparrama-se sobre a alavanca.

- A senhora podia cruzar a perna? Se fizer isso, fica melhor para eu passar as marchas – pondera o motorista.

- Não posso, meu filho. Eu tenho reumatismo, artrose.

À custa de anestésico de efeito local, conseguem, no hospital, reduzir a fratura do fêmur e cuidar da torsão do joelho de Dona Maroca. Ela dá um grito quando o médico coloca o osso no lugar. Antes, gemia baixinho e apertava a mão de Dona Páru, ao seu lado. Agora está aliviada.

- Tem aqui essa receita. Esses remédios vão diminuir as dores e a inflamação. Mas, infelizmente, ela vai ter que ser operada - vai explicando o jovem médico de plantão. - Este hospital só atende urgências.

- Operação? – assustam-se as irmãs trocando uma olhar medroso.

O médico explica que é preciso agendar a cirurgia. Há outros pacientes em situação até mais grave.

- E isso demora? – pergunta Dona Páru.

O médico fala que o serviço está sobrecarregado. Pode demorar um mês. Talvez dois. Ninguém sabe dizer direito - explica.

- Mas ela é uma velhinha, está sofrendo muito.

- Eu não estou sofrendo nada! – irrita-se Dona Maroca.

- Ela tem convênio? Carteirinha de convênio? O convênio paga tudo - explica o doutor.

- Ela tem, sim. O marido deixou para ela. Dizem que é o melhor plano. Florisvaldo, o marido dela que morreu de uma gripe, sempre pagava direitinho as prestações. Nunca atrasou nenhuma. Ele era um homem muito bom, educado, sério, cumpridor dos deveres, cristão, não perdia a missa do domingo. O padre Marcone, nos sermões, sempre dava ele como exemplo. Trabalhava na Rede Ferroviária, onde entrou graças as amizade com Café Filho com quem jogava bola num campinho das Rocas. Café - não sei se o senhor sabe - foi goleiro titular do time do Alecrim, vice-presidente de Getúlio Vargas o melhor presidente do Brasil, o pai dos pobres. O próprio Café chegou à presidência. Pois é, o Florisvaldo era importante, muito bem quisto. E honesto, o que é mais importante. O falecido era muito bem conceituado.

Cuidadoso, o médico chama *Lady* Sinhá até o corredor. Dona Páru fica segurando uma das mãos da irmã que não quer demonstrar o quanto está apavorada.

- Toda cirurgia em idoso é um procedimento de risco alto.

- Risco de morrer? – Indaga *lady* Sinhá tentando melhorar a qualidade do som no aparelho auditivo.

- Sim. Risco de morte.

- Minha virgem santíssima - geme ela levando à boca um lencinho de linho branco com as suas iniciais bordadas em dourado: A. C. (Ângela Carvalho).

- Quanto mais cedo for feita essa cirurgia, maiores serão as chances de tudo correr bem. Portanto, eu recomendo que as senhoras procurem logo o convênio.

Os vizinhos já tinham ido embora. Agora elas necessitavam um taxi grande para voltar para casa. Mas antes era preciso primeiro marcar a consulta.

Não é fácil para *lady* Sinhá com os seus fricotes, Dona Maroca com a perna imobilizada e Dona Páru e seu monumental traseiro, pernas tortas e reumatismo chegarem ao taxi. Felizmente é uma Caravan e a alavanca de marcha situa-se no eixo do volante. Assim, o bundão de Dona Páru pôde se acomodar melhor sem atrapalhar o motorista.

Dirigem-se ao balcão de atendimento do convênio. Mesmo idosas, conseguindo ficha preferencial, a expectativa é de uma espera de quarenta minutos. Aproveitam para pedir ao motorista para comprar os remédios receitados pelo médico. O efeito do anestésico passara e Dona Maroca, sentada em uma cadeira, perna imobilizada, começa a gemer baixinho.

Lady Sinhá explica à atendente a gravidade do caso, as recomendações do médico do pronto-socorro, a urgência da operação.

- Ah, mas a senhora nem precisava vir até aqui. Era só marcar uma consulta por telefone - instrui a moça mostrando boa-vontade.

- Mas ela precisa passçar pela consulta hoje. É urgente.

- Hoje? Hoje, nem pensar. Hoje não tem jeito. Espera um pouco, deixa eu ligar para um ortopedista, uma clínica e ver para quando pode ser.

- Mas minha filha, o médico disse que é urgente...

- Médico do pronto socorro? Aqueles lá não sabem de nada, sempre dizem isso. Vá por mim. Ela já está medicada, tem mais urgência nenhuma. Ela pode esperar, não é coisa grave, é só uma perna quebrada.

- Mas minha filha - Dona Páru resolve dar uma ajudinha...

- E quem é a senhora? – pergunta a atendente, voz dura, ares de poucos amigos, encarando a outra velhinha.

- Meu nome é Amparo. Sou irmã dela e dela – responde apontando primeiro Dona Maroca e, depois, *Lady* Sinhá. - Mas todo mundo me chama de Páru, viu minha filha, desde que eu era menina, lá no Colégio das Neves. Um apelido que meu pai, já falecido, que Deus o tenha...

- Espera aí. Desculpem. Mas eu não posso ficar de conversinha, tenho mais o que fazer. Basta uma para me dar as informações. Então, a senhora pode voltar para onde está a paciente. E outra coisa: meu nome é Amélia. Pare de me chamar de filha que eu não sou sua filha. Trouxeram a carteirinha?

Dona Maroca, apesar das dores, nunca foi de levar desaforo pra casa. Tentando se por de pé, dispara:

- Pois devia mudar de nome: Amélia era mulher de verdade. Se estivessem vivos, Ataulfo Alves e Mário Lago, depois de conhecer você, iam precisar de outro nome para musa deles. Porque você, minha jovem, com essa estupidez acho que nem mulher é – conclui irritada, bochechas vermelhas.

- A carteirinha do convênio - torna Amélia, ignorando a acidentada.

Na pressa, haviam esquecido. De nada adianta procurar nas bolsas. Com certeza ficara em casa, na mesinha de cabeceira. Com elas, só as identidades, um missal e um terço.

- E agora? – pergunta *lady* Sinhá com cara de choro.

- Agora as senhoras vão para casa – Amélia, vingada. - Pegam o livrinho do convênio, procuram os ortopedistas credenciados e marcam uma consulta.

- E se não tiver? –Dona Sinhá, voz trêmula.

- Se não tiver consulta? Mas tem. Pode não ter para este mês. Mas para o outro, com certeza vai ter.

Saem com mais facilidade, graças ao motorista, Seu Adão, que ampara Dona Maroca e a ajuda a entrar no taxi, carro de quatro portas. Prestativo, vai auxiliar a acidentada deitar-se na cama, tão logo chegam em casa.

Quando passam pelo alpendre, Dona Maroca vê o tamanho da tragédia. As penas brancas, pretas e vermelhas do galinho de campina estão por toda parte. O coxo de comida, virado. As tijelinhas de barro para a água dos pássaros, quebradas. Apenas um dos canários escapara à sanha implacável de Xanéu.

- Meu Deus do céu! O que é que eu vou dizer a Florisvaldo? Ele vai ficar tão triste - a voz de Dona Maroca, quase um gemido. Não é a dor da perna fraturada o que mais incomoda. Difícil será explicar a Florisvaldo, quando encontrar com ele lá no outro mundo, porque não impediu o ataque de Xanéu.

Cansadas, acomodam Dona Maroca e se dedicam procurar a carteirinha do convênio. Na segunda-feira, com ela em mãos, irão retornar e providenciar tudo, se Deus quiser.

As complicações continuam mesmo depois de encontrada a carteirinha: nada do maldito livrinho que a atendente lhes falara. E, sem ele, teriam que voltar lá e enfrentar aquela chata para pedir ajuda com a marcação da consulta.

Dona Maroca tem hematomas em diversas partes do corpo. Fora um tombo grande. Feio. Não consegue andar, nem mesmo ir ao banheiro desacompanhada. Geme o tempo todo.

A vizinha lembrou de uma amiga, enfermeira aposentada, para cuidar dela. Mas certamente vai cobrar caro pelo serviço.

Na segunda feira, no ônibus das 7 da manhã, seguem para Natal, deixando a irmã aos cuidados da enfermeira. Uma hora depois descem na rodoviária, longe da sede do convênio. Precisam de um taxi. Sabem que estão gastando dinheiro demais para quem vive da pensão de Florisvaldo, pouco mais de um salário mínimo.

- Trouxeram a carteirinha? – indaga Amélia quando, após mais de meia hora, são atendidas.

-A gente trouxe, sim. Estava na gavetinha onde ficam os documentos. E sou muito cuidadosa, guardo tudo: papéis, santinhos, bulas de remédios, botões. Como eu lhe disse, minha filha. Ai, desculpe, filha não, Amélia.

- Desculpem as senhoras – responde a atendente justificando que o mau humor da outra vez era por conta de mais uma briga com o ex-marido, "um cretino" que só paga a pensão com atraso.

- Tem nada não, a gente entende.

- E a carteirinha?

- Ah, sim... desculpe. Aqui está ela.

Surge um novo problema. As mensalidades, as duas últimas, estão atrasadas. E sem elas em dia é impossível marcar a consulta.

- A gente paga agora. Espera eu pegar o dinheiro.

- Aqui não podemos receber. Tem que pagar no banco. Em qualquer um, eles aceitam. Aqui é impossível receber.

Aceitam não. Como as parcelas estão atrasadas, o pagamento tem que ser no Banco do Brasil. É preciso calcular juros, correção monetária, multas... essas coisas.

E lá se vão as duas, uma se apoiando no braço da outra, da agência do Banco Nacional de Minas Gerais, na avenida Rio Branco, na direção da Ribeira onde fica a agência-matriz do Banco do Brasil. Caminhada de mais de dois quilômetros, um padecimento para as pernas cambetas de Dona Páru e a elegância da *Lady* Sinhá que em pequenas de suor mancham as axilas. Um vexame. O lencinho de linho branco e letras douradas está úmido, também. Caminhar sofrido, ladeira abaixo sob um sol que não dá mínima para a idade delas.

No banco, esbaforidas e perguntando a um e a outro, vinte minutos de fila depois, conseguem chegar ao *guichê* de pagamento. O dinheiro não dá. Até daria. Mas, somando-se os juros, as multas e a correção monetária, é pouco.

Com todo esse gasto, não sobra dinheiro para o taxi até a rodoviária de onde pegariam o ônibus de volta a Ceará Mirim. Pensam em ir até a casa de Alzira, a sobrinha operada e pedir um empréstimo.

- Que ideia é essa, Páru? Mesmo nas dificuldades é preciso manter as aparências – protesta *lady* Sinhá. - Só em último caso - e esse não é o último, apenas o primeiro. Em casa a gente pega um pouquinho do dinheiro da Maroca.

Só duas horas depois chegam em casa e, da porta, ouvem os gemidos de Dona Maroca. As dores tinham se intensificado. Principalmente na perna que inchara a ponto da cuidadora, com uma tesoura, remover o gesso. Está febril, também.

Dona Páru perde a paciência. Chama *lady* Sinhá para fora da casa e solta o verbo.

- Deixe de seus fricotes. Maroca está sofrendo demais e pode até morrer. E você não quer que a gente recorra a Nicolau e Alzira. Pois, se dane você. Eu vou falar com eles quer você queira ou não.

- Está bem, eu vou com você amanhã. Não precisa fazer escândalo. Mas antes, tome um banho, troque esse vestido amarfanhado, passe um talquinho e bote perfume. Você não vai à casa de Alzira esmolambada desse jeito. Parece uma esmoler.

Dia seguinte, depois de uma noite mal dormida a necessidade de ajudar Dona Maroca "a se aliviar" no banheiro, lá vão as duas de novo no ônibus das 7. Dona Páru de banho tomado, vestido trocado, talquinho, nem parecia ela mesma.

Na rodoviária pegam um taxi para a casa da sobrinha. Pagam com o que restou do dinheiro da pensão.

Alzira, ainda com o olho direito tamponado, leva um susto com a notícia do acidente da tia. Por que não trouxeram ela para cá logo? - Pergunta em tom de reprovação.

Depois de todas as explicações, o pedido do empréstimo.

- Que empréstimo que nada. Vou chamar um dos meninos para ir com vocês ao banco pagar essa mensalidade e fazer tudo que for preciso para marcar logo a consulta. Está aqui o dinheiro. E não é empréstimo – atalha Dona Alzira.

Apesar da boa vontade, ninguém ali tem automóvel. A família é muito grande. Dez filhos, todos estudando. No orçamento apertadíssimo, não sobra espaço para extras.

Às nove horas saem para o banco. Só as 10 e 15 descem do taxi na avenida Duque de Caxias para quitar o seguro-saúde. Mais quinze minutos na fila, até o *guiché*.

Saem com uma preocupação nova. É que o caixa, ao examinar os boletos, indagara se elas não estavam com o novo que venceria daqui a dois dias. Claro que não estavam. E não tinham dinheiro para mais essa despesa.

Vão para a sede do convênio onde não é preciso esperar muito pelo atendimento. Amélia tirara férias. Precisam repetir a história do acidente. Paciente, a substituta solicita a carteirinha e, depois, de posse do documento, entra por uma porta atrás dela, para conferir se estava tudo em ordem. Passam-se mais dez minutos até que retorne.

- Aproveitei para ir ao banheiro e tomar um cafezinho – revela devolvendo a Fernando, o filho de Alzira, os boletos. Mas tem uma má notícia: o convênio não pode autorizar nenhum procedimento enquanto os pagamentos não forem compensados daqui a três dias.

- Três dias? Mas isso é um absurdo – irrita-se Fernando na autoridade dos seus 16 anos. - Está aqui o comprovante que ela pagou.

- Lamento muito, são as normas. Eu sou só a atendente. Mas vocês podem ir tentando marcar a consulta. Não pode ser para hoje nem para amanhã porque aí o convênio não autoriza.

Fernando deixa as irmãs sentadas e vai procurar um taxi. Felizmente havia dois livres, bem na porta. O relógio andou ligeiro: faltam apenas quinze minutos para o meio-dia. Elas queriam ir logo para a rodoviária, mas o jovem as leva direto para a casa dos pais, onde almoçam.

De volta a Ceará Mirim, descem na frente do mercado. Dali até em casa, nas Sete Bocas, são mais quinhentos metros. As duas estão cansadíssimas. Uma vai amparando a outra na penosa caminhada. Ainda bem que Nicolau, marido de Alzira, se responsabilizou para marcar a consulta e mandar avisa-las.

Mas só há agenda para daqui a vinte dias. Foi o jeito. Devido à demora, a enfermeira aposentada fez uma nova imobilização na perna de Dona Maroca, que agora, além de inchada está ficando escura. E continua tendo febre.

No dia da consulta, Fernando chega de taxi para levar a acidentada e uma das irmãs como acompanhante. Dona Páru quer ir, mas se rende aos argumentos de que vão ficar todos muito apertados.

- A carteirinha, por favor – pede a atendente da clínica de ortopedia.

Esqueceram de pagar a nova mensalidade do convênio que vencera no dia anterior. A consulta teve que ser remarcada para vinte dias depois. A moça que atende na clínica não se compadece com o ar de sofrimento de Dona Maroca que perdera toda a vivacidade.

Ao voltarem para a casa de Alzira, Fernando é repreendido por não ter pago uma consulta particular.

- Eu não tinha dinheiro.

As duas irmãs voltaram no mesmo taxi. Compadecido, o motorista disse que não cobraria o retorno. Só mesmo as despesas até ali. Alzira pagou e ficou com a responsabilidade de quitar também o seguro-saúde.

Uma semana antes da consulta, Dona Maroca foi trazida às pressas, de taxi, para o pronto-socorro. O estado de saúde dela tinha se agravado muito. Apresentava febre alta e dores insuportáveis no corpo inteiro, principalmente na perna fraturada. Os médicos têm que amputa-la, não há outro jeito. Só depois de três horas conseguem uma vaga na Uti. O hospital está superlotado, um caos. Falta de material, de roupas esterilizadas, até gaze. Pacientes espalhados pelos corredores em colchonetes, alguns em estado deplorável. A cada instante chegam vítimas de tiro, peixeira, queda de moto, acidente de carro, briga, que da de moto de novo, queimadura, choque elétrico, mais um que se acidentou quando sua moto colidiu com um ônibus. Esse já chegou morto. Algumas das salas de cirurgia estão ocupadas por pacientes que deveriam estar em UTIS, não ali. Mas sem vagas, o único jeito foi improvisar.

Dona Maroca morre duas horas depois, sem recobrar a consciência.

Conversa de pescador

O dia em que um cardume de sereias levou o pescador para as profundezas do mar.

Zezinho era pequeno, a começar pelo apelido. Coisa assim de um metro e cinquenta e dois, ou quatro, se muito. Não dava para ninguém chama-lo de José ou Seu José. Zezinho, lhe caía melhor. Andava sempre sem camisa, pés descalços, chapéu de palha na cabeça. Pescador, gostava de contar façanhas – não mentiras que ele não era homem de mentir - todo final de tarde até umas oito da noite, em rodas de conversa com os veranistas nos alpendres das casas de Muriú, 33 quilômetros de Natal.

Redes nas varandas, maré seca, vento modorrento farfalhando sonolência no coqueiral, últimos banhistas saindo da praia, o sol já se cobrindo com o manto da noite.

- Votes, e hoje não sai nem cafezinho – peitava ele já íntimo dos veranistas. – Parece que tá todo mundo falido. Que pobreza é essa, meu povo?

Uma rodada de cachaça, umbu-cajá para acompanhar o papo e rebater a queimação da pinga. Quase dez pessoas espalhadas pela redes, cadeiras e na mureta da varanda, aguardam a nova história.

- Essa é a praia que tem mais peixe no mundo. Não tem outra não – garante enquanto bebe seu trago de uma vez só, levantando a aba da frente do chapéu para coçar a carapinha no alto da cabeça.

- Aqui tem mais tubarão que em qualquer outra praia da Terra.

- Lá vem você, Zezinho. Que conversa é essa, homem? Ninguém nunca ouviu falar de tubarão em Muriú – rebate Mauro, rapaz moço, caladão – para provocar.

- Menino, espia só. Tu não sabes é de nada. Por acaso é pescador, hein? Me diga aí. – E ele mesmo já respondia:

- É não. É coisa nenhuma. Do mar tu não conhece nem sargaço. O mar, pessoal, é uma ciência que só pescador conhece. Quem não tem a ciência não diga asneira. Fique de bico calado, porque o mar tem seus caminhos, mistérios, arapucas. Tem tudo o que você já ouviu falar e muito mais. De bom e de ruim. E se não souber os caminhos, encalha no que é ruim. Aí afunda e não sobe mais. E não adianta querer se segurar porque mar não tem cabelo.

- O mar tem de tudo? – Mauro provoca enquanto serve mais uma dose de cachaça a Zezinho. - De tudo mesmo?

- Se tem? Se tem? Ora se tem. Baleia, camarão, lagosta peixe de tudo quanto é tipo, golfinho, tubarão, sereia... tudo, tudo.

- Sereia? Tem sereia? – Surpreende-se Mauro, parando de despejar a aguardente no copo do pescador. – Deixa de mentira, Zézinho. Você vai bem querer dizer que já viu uma...

- Mas menino, que pergunta mais besta. Pescador que nunca viu uma sereia não é pescador. Eu já te disse Mauro, o mar tem de tudo.

- Sereia?

- Sereia.

- Deixa de conversa, Zezinho. Sereia não existe.

A roda cresce. A meninada, banho tomado, sentada no chão, se diverte fazendo piadas.

- E eu lá sou homem de conversa, Seu Mauro. Já lhe disse: quem não conhece a ciência do mar desacredita de tudo. – Enfático, se põe de pé e aproveita para pegar mais um umbu. - Mas quem conhece, sabe. Sabe de saber, não de ouvir contar. Mas de ver com os olhos de espiar e com as oiças de escutar.

- E você já viu? Ouviu? – Mauro dando corda.

- Quem? Eu? Basta. Umas poucas de vezes, não foi só uma nem duas. Muito mais.

- E como elas são? As sereias...

- Lindas, vistosas que nem essas moças de novela da televisão. Lourinhas, as butucas de olhos verdes.

- E o corpo?

- Que corpo, Seu Mauro? Quem já viu peixe ter corpo, menino. Sereia é peixe. A parte de baixo, até o umbigo, é rabo de peixe. Daí para cima é mulher. Lindas, as sereias.

- Quer dizer que você já viu uma...

- Se vi, ora se vi. Peguei até na mão. Não foi só uma não... era pra mais de mil. E se não fosse Tomaz, que Deus o tenha - diz erguendo o chapéu em reverência - ela tinha me carregado para o fundo do mar. Eu não fui, mas o mestre Tomaz ela levou e nunca mais se soube dele.

- Como é que foi isso, Zezinho? – espanta-se Eduardo, o dono da casa

Mais uma "chamada" de cachaça para o pescador-cientista e outra para Mauro.

- Já lhe disse... o mar é pra quem tem ciência, quem conhece o pélago. E se não for cientizado em mar, não adianta que não vai ver nada.

- Pélago? Que danado é isso? Essa palavra você inventou agora.

- Tá vendo? Tá vendo? Sabe de nada não. Pélago é o mesmo que mar, tá entendo? Ciência de pélago, apois.

- Invenção sua. Mas, e a sereia?

- Sereia só aparece em noite de lua cheia aqui num pesqueiro que tem no alto pélago - diz apontando e franzindo a testa. - É onde elas vivem. Fica longe. De lá não se enxerga nem a praia. É só aquele mundão de água.

- E as sereias, então, vivem nesse lugar, esse tal de pélago? – pergunta um dos meninos.

- Vivem no pélago de Muriú. Umas poucas delas. Um montão. Um cardume de sereia.

- Cardume de sereia? – Espantam-se alguns, gargalham outros.

- Pois não é. – As duas mãos na cintura, espichando o pescoço. - Cardume né de peixe? De sereia também é cardume. Porque sereia é metade peixe, então cardume. Pra mais de mil delas. Tudo linda-linda-linda.

- Mas como é que você pegou na mão de uma?

- Quando elas saem, Mauro, meninada, sai tudo cantando. Uma cantoria arretada, chega arrepia. E eu sentado na minha jangada, o mestre Tomaz na dele. Aí elas saíram... aquele bando de mulher-sereia...

- De maiô?

- Que maiô, o quê, dona Zélia? - Bate com uma mão espalmada na testa, como se ouvisse um absurdo - Peixe não veste maiô. Do umbigo para baixo só escama no rabão bonito.

Dourado, azul, amarelo, branco, vermelho... todas as cores. Cada uma delas com uma cor de rabo.

- Mas... e a parte de cima?

- A parte de cima? Sem nada. Nadica de nada.

- Aquele monte de mulher, tudo pelada... – Mauro desacreditando.

- Pelada não, homem. Pelada não. Bota mais uma lapada pra mim, fazendo favor - pede.

- Mas você não disse?

- Disse. Mas não disse pelada, não. *Tropleis,* sabe o que é? *Tropleis.*

- *Tropleis,* não: *topless.* Quer dizer, sem a parte de cima. E aí?

-Pois que seja isso. O importante é que todo mundo entendeu. Que seja. Interrompa mais não, homem.

Outra lapada de cana. Retoma a historia.

- Pera aí, onde é que eu estava mesmo, – se pergunta coçando a cabeça, dedos enfiados no meio dos carapinha que mais parece bucha de coco. - Ah, me lembrei: as sereias começaram a cantar. A coisa mais doida do mundo. Nunca vi nada igual. Eu abestalhado. Uma delas saltou primeiro para a jangada do mestre Tomaz. E foi cantando, pondo as mãos no rosto dele, o rabão açoitando a água.

- Uma tentação, não era mesmo Zezinho?

- Tentação... ora tentação. Bote tentação nisso, homem. Perdição, isso que era. E eu que sou esperto, fiquei só olhando de rabo de olho para mestre Tomaz, com as mãos nos ouvidos que era para não ouvir a cantoria das moças-peixes. Ela desceu na água – a sereia que estava na jangada dele, não sabe? - E puxou devagarinho o mestre. E ele mergulhou junto com ela e acabou-se. Nunca mais voltou.

- Como é? O que aconteceu? Mestre Tomaz, se afogou?

- O que você acha, Seu Fernando? O homem afunda naquelas funduras e nunca mais volta, até hoje... e você pensa que qualquer hora dessas ele aparece, bota a cabeça fora da água e dá bom dia?

- Está bem, Zezinho. Mas continue... como é que você se salvou?

- Depois que o mestre se afundou, elas, as sereias, arrodearam minha jangada. Cada uma mais linda que a outra. Tudo cantando, coisa mais arretada, nunca vista. E uma delas, a mais bonita, saltou em cima da minha jangada. Ô mulher-sereia bonita danada.

Mauro dá um gole na sua pinga e serve outra dose para Zezinho que bebe de um trago só.

- Deve ter sido por conta da sua beleza. – Ivan, outro veranista, rindo.

- A bicha era uma tentação. Que coisa linda, benza Deus. Na televisão não tem nenhuma mulher bonita que nem ela.

- Sim, a sereia pulou na sua jangada... – Mauro, impaciente, quer que Zezinho termine de contar a história.

- Pois, como eu ia dizendo... a danada cantando, me olhando dentro das butucas dos olhos, foi subindo a mão para o meu rosto. Aí, não fui besta não. Agarrei a mão dela com força e vupt... rebolei aquele baita peixão de volta no mar. Foi só ela bater na água que as outras mergulharam também e não voltaram mais.

- Vai começar a o jornal na televisão - gritam lá de dentro.

A roda se desfaz, Zezinho dá boa noite prometendo voltar outra hora para mais "dois dedos de prosa" e vai embora cambaleante tombando de mansinho, como as ondas na maré seca.

A fazenda tinha pouco mais de setecentos hectares e ao menos cem cabeças de gado, mestiço e nelore. O rebanho de caprinos não era lá grande coisa, umas cinquenta cabeças, entre carneiros, bodes, cabras e ovelhas. Galinha, pato e peru, que não acabava mais. Guiné e até pavão. Tinha também um peba, num tanque. Dois ou três vira-latas para o adjutório com as rezes no pasto. Um gato preguiçoso, Sinfrônio, branco e preto, sempre dormitando junto à porta da sala. Dois cavalos: Bolachinha e Pingo de Ouro.

Como toda fazenda de antigamente, a do meu pai tinha os seus mistérios. Uma raposa danada de sabida que atacava o galinheiro, mas só comia as galinhas do dono. Parece que ela aprendeu com uma cobra que só picava os bezerros e os borregos do proprietário, também. Os de Vicente, nunca houve um só caso. Homem de sorte, esse Vicente. Ah, ia esquecendo, Vicente é o administrador.

A casa grande ficava de frente para um pé de umbu-cajá que dava daquelas sombras que chamam para um cochilo, com cachorros dormitando embaixo. Do lado direito, ficava a lagoa. E, antes dela, o pé de juá onde – dizem - um vaqueiro morreu enforcado. Foi por causa dos chifres que uma cabocla fogosa colocou na cabeça dele. De corno, não sabe? Diz o povo. Não falta gente aí pra confirmar.

Do outro lado, o esquerdo, umas cem braças adiante, os currais, a casa-de-farinha e o açudinho. O pessoal chamava açudinho porque tinha o açudão, na divisa com a propriedade vizinha. Difícil de sangrar, o Carrapicho precisava tomar muita água para encher de barreira a barreira. Não era qualquer inverno besta que fazia ele sangrar, não.

Vicente é magro, nem alto nem baixo – médio. Acaboclado, olhar buliçoso e esverdeado que não se fixa em ninguém, é o marido de Dona Lindinha, feia que só a fome. Mas gente boa demais. Não tem nenhum dente na boca, mas ri de tudo, mostrando a banguela. No auge das gargalhadas, procura esconder com a mão a boca desdentada que todo mundo já tinha visto.

O administrador é homem de coragem, conhecido por odiar cobras. Se alguém na fazenda avistar alguma, ou mesmo ouvir o chiado do maracá de uma cascavel, avise a ele: "Onde foi? Em que lugar? Onde a maldita para eu matar".

E matava mesmo. Tão logo avistava a maldita, saltava com os dois pés sobre ela. E, como um super-herói, com pisadas fortes na cabeça, destroçava qualquer uma, fosse coral, jararaca, cascavel ou de duas cabeças. E ainda trazia a bicha morta pendurada na cela de Pingo de Ouro, para todo mundo ver.

As noites lá na fazenda banhavam as pessoas com a luz branca de um luar que escorria que nem leite lá do céu. Um céu que tinha mais estrelas do que os céus de Natal, do Rio, de São Paulo, do Japão da Espanha, ou de Mossoró, que é muito estrelado também. Nem na China se pode ver tanta estrela. Eu sei que nem na Rússia tem um céu assim, com tanta estrela. Rússia e China são países comunistas, por isso não têm céu. Têm outras coisas, mas céu não. Céu é coisa de Deus. E comunista não acredita em Deus, essa a explicação.

A luz elétrica ainda não chegara à fazenda. Os candeeiros, além de tisnar tudo com as manchas da fumaça, emprestavam um ar fantasmagórico aos cantos todos, revelando almas penadas, agarradas nas paredes. Pois é, alma de outro mundo quase ninguém vê. Mas lá na fazenda a gente vê. Não as almas propriamente ditas, mas as sombras delas, se a parede for branca e o lugar estiver iluminado por lamparina. Tem que ser de querosene, aí aparece tudinho. Não fica uma sem ser vista. Pelo menos na fazenda do meu pai é assim.

Hoje de noite, no centro da sala tem uma montanha de feijão verde que vai até quase as telhas, lá no alto. É preciso debulhar tudo já que amanhã chega mais. Muito mais. E depois no outro, no outro e no outro dia, também. Coisa boa. Invernão paidégua de bom. Fartura muita, gado gordo, açude sangrando, vaca parindo, uma bênção. Traíra a dar com pau, na lagoa. Sertanejo rindo de orelha a orelha, feliz. Deus seja louvado.

Lamparina acesa, todo mundo sentado no chão, uns dez meninos e outro tanto de adultos, bacias entre as pernas, mãos trabalham rápido no debulhar enquanto os ouvidos prestam atenção nas histórias de mal assombro, visagem, alma do outro mundo.

- Montei Pingo de Ouro e saí em busca de Mimosa, a vaca que tinha se perdido no mato e estava para dar cria – conta Vicente olhando cada um dos meninos de relance para medir os medos. – Já ia dar meia noite quando ouvi ela mugindo. Meti as esporas no cavalo, porque sabia que aquele mugido só podia ter uma razão: o bezerro de Mimosa devia de estar atravessado no bucho dela. Eu entendo o falar das vacas, os mugidos, cada um quer dizer uma coisa. Eita, parição dificultosa, eu já imaginava que ia ser assim – conta, os olhos saltando de um para outro, conferindo atenção, desconfiança e frouxura entre os meninos, principalmente.

Ele se levanta um pouco para se espreguiçar e recomendar a quem tivermedo de alma, ir dormir porque agora é que a história vai ficar cabeluda. Ninguém seguiu o conselho, apesar do apavoramento geral.

- Tomei o rumo da lagoa. Pois bem, quando passei embaixo do pé de juá, esporeando Pingo de Ouro, meu chapéu caiu e eu senti uma coisa fria bater na minha testa.

- Estou com medo – disz um dos meus irmãos mais novos.

- Pingo de Ouro empinou nas duas patas traseiras e quis me derrubar. Aguentei ele firme na rédea que eu não sou de fugir do perigo – gaba-se. - Olhei para cima, para o alto do pé de juá... e sabem o que eu vi?

- Não – a voz do mais velho soou baixinha, espremida pelo pavor. – O que foi que você viu?

- Vi o vaqueiro Ananias pendurado pelo pescoço, um par de chifres saindo pelo chapéu na cabeça dele, os olhos esbugalhados.

- Chifres? E estava morto?

- Mortinho, – garante Vicente. – Foram os pés descalços do defunto, bem frios, que bateram na minha testa e derrubaram o meu chapéu, quase me pondo abaixo do lombo do cavalo.

O morrediço da lamparina aumenta os medos. As sombras das almas quase nem se movem mais, prestando atenção.

Lucas e Pedro, irmão mais novo, vão juntos com Vicente dormir na "casa de farinha". Tem gente demais na "casa grande". Levaram lençóis e cobertores, porque de noite faz frio. O capataz alerta para que não tenham medo porque é costume das almas virem balançar as redes, agarradas nos punhos. Mas sãp boas almas, não fazem mal a ninguém. Só querem ajudar a pessoa a pegar no sono, ligeiro. Não é coisa para ter medo, não. Ele nunca teve e acha até bom as almas embalando o sono com canções de ninar. Assim dorme depressinha

Já deitados, Vicente ainda falou de "mal assombro", garantindo que estava vendo alguns ali junto ao forno de cozinhar a farinha, tudo prestando atenção à prosa. Depois, disse que ia soprar o candeeiro porque no outro dia precisava acordar bem cedinho para tirar o leite das vacas, no curral. Logo, roncava alto.

Os grilos em ano de inverno bom não se calam. De noite ficam proseando com as rãs numa algazarra muito chata: cri-cri – croac-croac, a noite toda. Conversa mais besta. Na rede, Lucas não se atreve a olhar de lado com medo de dar de cara com alguma alma penada. De onde está vê a claridade branca da lua se enfiando pelo vão da porta que era costume dormir aberta.

Aí ouve. Ouve e fica gelado. E quase se mija. Era um "a-aaa-ah, dorme nenê. U-uuu-uh, dorme nenê" e a rede de Vicente "reco-reco", a ranger e a balançar. Tinha uma alma lá, Lucas viu bem direitinho. Toda de branco, agarrada no punho, balançando a rede de um lado para o outro. "A-aaa-ah, U-uuu-uh".

Vicente senta-se apavorado:

- Valha-me minha Nossa Senhora. Vai-te embora alma do outro mundo, eu te esconjuro.

E a alma penada continua a cantarolar: "ah–aaaa-ah, dorme nenê". Vicente desembesta porta afora, só de cueca, deixando os meninos à mercê das criaturas do além.

Não podem ficar ali. É perigoso demais. Até Vicente, super-herói, batera em retirada, abandonando-os. Mas cadê perna para fugir. Lucas se treme todo.

Aí, vê na sua frente, Pedro se dobrando de rir com um lençol branco na mão.

A menina da praça Sete

Ela só queria dinheiro para comprar uma pedra. E eles comprar a inocência dela.

Era até bonitinha. Mas assim despenteada, há vários dias sem tomar banho, estava bem feiosa. Pés descalços, unhas sujas, cabelos ensebados. A roupa em petição de miséria - saia encardida, blusa estampada rasgada nas costas, tudo velho e esmolambado, recendendo a sujeira – era o retrato do abandono.

- Me dá um real – mão pequena estendida, olhos castanhos buliçosos me encaram diante do monumento à independência, em frente ao palácio do governo, na praça 7 de Setembro.

- E por que eu vou te dar um real – pergunto curioso, interesse crescendo naquela criaturinha mirrada, petulante, frágil, independente simpática com aquele arzinho de quem sabe das coisas. Cheia de segredos e sem ninguém para ouvi-los. Insisto na pergunta:

- Eu vou te dar um real, por quê?

- Porque eu posso lhe fazer um boquete bem gostoso. – Responde Carinha de Anjo.

O sino da velha catedral badala cinco da tarde. Os pombos decolam da torre da igreja numa revoada de espanto.

- Deixa disso, menina. Quantos anos você tem?

- Doze anos, senhor – me diz como se já tivesse trinta, indiferente ao meu desconforto. Na outra calçada, pelas costas dela, passa um esmoler encurvado, fundo das calças rasgado, um pedaço da bunda encardida de fora, assobiando uma música indecifrável, pela calçada do Palácio Felipe Camarão, sede da prefeitura.

- Onde você mora? – Vou chafurdando na história dela enquanto deputados em seus ternos caros, conduzidos em automóveis com placas de bronze, por motoristas engravatados descem no estacionamento exclusivo da Assembleia Legislativa.

- Moro ali – aponta o dedinho para os lados da rua da Conceição com o que restou do seu casario, a mais antiga rua de Natal. Um dedinho como os demais, de unha enegrecida pela sujeira do abandono.

- Onde? Em qual casa – quero saber com exatidão, já que pretendo puxar as orelhas da mãe da danadinha que agora enfia o polegar na boca.

- Casa não... na calçada da Catedral. Tem vez que durmo na calçada do Palácio – me conta, mas me cobra o dinheiro.

- Vamos fazer um trato – proponho. - Eu te levo para a gente tomar um lanche, ali no caldo de cana. E aí você me conta sua história, está feito?

Ela para, pensa, entorta a cabeça para esquerda, fecha um dos olhos e me encara desconfiada.

- E o boquete, ainda vai precisar? – Um pombo, bem branquinho, arrulha fazendo a corte a uma pomba sobre uma das efígies de bronze do monumento à independência, carros buzinam desesperançados na imobilidade do trânsito. O mesmo esmoler idoso, sujo, encurvado, ainda assobiando sua canção misteriosa caminha despreocupado agora pela frente do Tribunal de Justiça, à esquerda do Palácio do Governo, entre advogados e juízes engravatados, com parte de bunda exposta.

- Minha mãe me largou na rua faz tempo. Hoje eu durmo em cima dos papelões, na calçada da Catedral – ela me diz sem mágoas nem emoção. Vai falando enquanto abocanha com gula e prazer o seu sanduiche, bebe o caldo de cana e usa braço e língua como guardanapo.

- E o seu pai? – quero saber.

- Pai? Sei quem é não. Acho que não tenho pai.

- E o que você faz? Estuda? Como é que vive? – Estou cada vez mais chocado com a história dela. Mas, nada de novo. Em tudo semelhante à de outros meninos que perambulam pelas praças desta e de outras cidades. Para os que estão na lanchonete, a menina é só mais um dos tantos invisíveis que fazem ponto na praça.

- Estudo não. Não sei ler, nem escrever. Transo com os velhos que vêm aqui, os aposentados, não sabe? Transo com eles por 1 Real. Para comprar crack. Sou viciada. É muito bom.

São seis horas da tarde e as laterais da praça vão sendo ocupadas por carros de luxo de onde descem homens e mulheres luxentos, elegantes, ostentando riqueza e indiferença. Um casamento. O noivo já está no altar, faz tempo. A noiva, atrasada, porque é de bom tom. O bispo fará a celebração desse matrimônio entre filhos de famílias ilustres, tradicionais, abastadas. Violinos espalham uma música leve, os flashes das câmeras fotográficas perpetuam o esplendor do evento, refletores iluminam a jovem deslumbrante e linda que adentra à Catedral, em seu dia de glória.

- Pelo menos eles usam camisinha? –A pergunta estúpida escapou sem eu querer. Meu estômago dá voltas. A cabeça, também. Meus pensamentos se indignam.

- Usam não, dizem que não gostam, que não é preciso – ela lambe os dedos sujos que passou criteriosamente no interior do copo de caldo de cana agora vazio. Fico olhando sem ver, na direção da igreja, do casamento. Ela, deslumbrada, olha também.

- Bonito, né? - Pergunta me encarando com satisfação ante o fausto do casamento.

Não digo nada. Não consigo. Nem olho mais para ela. Olho em direção ao rio e vejo um sol avermelhado, uma bola gigantesca, se despedir da praça 7 de Setembro, a dos três poderes.

Coloco na mão dela 50 reais. Beijo-lhe o alto da cabeça suja e vou embora sem dizer palavra.

Ela sai correndo, feliz. Vai comprar sua pedra de crack. Hoje não precisará transar com nenhum aposentado.

O matador

O pistoleiro queria beber em paz. O bêbado, mudar o rumo da conversa.

Vestia-se todo de preto. Botas de cano alto, chapéu de feltro. Tudo-tudo preto. Corpo atlético, uma hora de exercícios diários, treino de defesa pessoal duas vezes por semana. Tiro ao alvo, aos domingos. Mas só depois da missa à qual não podia faltar. Este é Zezão, a calma em pessoa. Um metro e 85, educado, de falar manso e compassado, cioso da pontaria e da aparência. Ultimamente andava cultivando um bigodinho "para agradar as moças".

Já Borrego era baixinho de fazer dó. No máximo – no máximo, eu disse - 1 metro e 60. Aí dependia do sapato. O olhar saltitante sempre a examinar o ambiente em busca de algum perigo, um inimigo, porque tinha muitos. Então, era bom não se descuidar. Achava perda de tempo aula de defesa pessoal ou outro esporte de luta. Só tiro ao alvo. Apreciava uma cachacinha nos finais de tarde, para molhar a goela. Nervoso, voz esganiçada, parecia sempre a ponto de sacar a arma. Um homem prevenido vale por dois, era seu mantra desde menino. Por isso, garante, continua vivo.

Passaram muito tempo sem se encontrar, ele e Zezão. A primeira vez foi numa fazenda lá para os lados de Umarizal, cidade calorenta do alto oeste do Rio Grande do Norte. Foram contratados como capangas de um fazendeiro jurado de morte matada.

Numa manhã de sexta feira apareceu na fazenda um sujeito dirigindo uma camionete. Veio buscar vinte sacas de feijão que havia comprado para revender na feira. Irritou-se porque ainda estavam colhendo o macassar no roçado. Entrou na camionete e começou a dar "cavalos de pau" bem na frente da casa grande, levantando a maior poeira.

Zezão postou-se diante do veículo, braços cruzados. O homem meteu a mão na buzina, freou, acelerou e freou novamente, tudo para ver se assustava o pistoleiro. Mas ele continuava impassível, os mesmos braços cruzados na altura do peito, alisando o bigodinho recente. O motorista ficou sem saber o que fazer, apenas acelerando a camionete com o pé enterrado na embreagem.

- Vai sair não, é? Olha que eu passo por cima – ameaçou, querendo se impor no grito.

- Vou. Eu vou, sim senhor. Mas só depois que o distinto descer e vier aqui espanar a poeira que sujou minhas botas e o meu chapéu. E eu não gosto deles sujos, não.

O motorista já ia responder quando viu surgir pela janela do passageiro um outro personagem. Era Borrego, revolver na mão, tenso.

O homem quis objetar, mas desistiu ao se deparar com o olhar frio e o cano ameaçador de uma arma. Abriu a porta e saiu caminhando apressado, assustado e trêmulo, na direção de Zezão.

-Faça a gentileza de limpar tudo direitinho. E lamba as botas pra dar um brilho. É que elas ficaram muito sujas, se faz o favor. Eu gosto delas brilhando, não sei se o prezado me entende.

- Lamber? – Indagou o da camionete, apavorado. – Lamber... com a língua?

- É. Lamber. As duas, fazendo favor - respondeu Zezão, ainda alisando o bigodinho.

O homem obedeceu, humilhado. De quatro, passava a língua pelo calçado, o corpo sacudido, cheio de tremores.

- Está bom, - avisou o pistoleiro, a mesma voz mansa, educada. - Isso é para você aprender a viver, cidadão. Um favorzinho que estou lhe fazendo. Espero que sirva de lição. Vida longa, distinto e até mais ver. Faça boa viagem.

O motorista tentava dizer alguma coisa, mas a voz não saía. Borrego aproximou-se e deu um tapa na cara dele.

- Está ouvindo não? O homem te mandou embora. Arreda agora mesmo. E devagarinho que é para não fazer poeira.

Essa história tinha uns dez anos. Pouco tempo depois, os dois pediram as contas e se separaram.

Zezão reapareceu num daqueles bares em frente a antiga Estação da Luz, em São Paulo. Anos 1970, lugar barra pesada, bem na cara do Dops, o que não constrangia pequenos traficantes de cocaína e maconha, prostitutas, desocupados, cafetões e bêbados de andar sempre por exercitando a livre iniciativa. Tinha ido para a capital bandeirante porque precisava "esfriar" um pouco, depois de um serviço por encomenda. Matara duas pessoas no interior do Ceará. Após ficar acoitado vários meses em uma fazenda, foi mandado para São Paulo. Lá não precisaria se esconder. A cidade é um formigueiro de gente.

O bar estava cheio. As pessoas se dividiam pelas poucas mesas e pelo balcão. Zezão aproximou-se, pediu uma "Tatuzinho" com uma bandinha de limão. A seu lado, um bêbado. E foi exatamente esse circunstante, sem pedir licença, quem tomou a pinga.

Zezão apenas olhou. Pediu uma nova dose e, de novo, o bêbado repete a gracinha. Em seguida encara o pistoleiro e diz, gaiato:

- Agora, paga, Zorro. Tu é mesmo é frouxo.

O bar todo assistia e esperava o desenrolar dos acontecimentos. Quando o bêbado falou, todos riram. Cambaleante, ele fez uma reverência, deu um "tchau" e saiu caminhando pela rua.

Zezão pediu outra dose.

- Guarda aí que eu já volto - disse ele pagando o que o bêbado consumira. E também saiu.

Voltou menos de dez minutos depois, quando as pessoas imaginavam que, com vergonha e acovardado, tinha ido embora.

- Traz aquela pinga que pedi para guardar. Ah, e põe isso aí para fritar que eu quero comer de tira-gosto.

Eram as orelhas do bêbado.

De quando um destemido cientista do mar enfrentou no braço perigoso predador.

Muriú estava uma tristeza só. Chovia desde a noite anterior e era quase certo que hoje, de novo, não ia dar praia. Coisa mais chata é chuva na praia, principalmente no veraneio. Uma caninga. Até o mar se veste de cinza-desgosto.

Zezinho chegou cedo hoje, sem se importar com o aguaceiro que caía. Ainda nem era três da tarde. O traje de sempre: bermuda velha e suja, sem camisa nem chinelos, cigarro apagado pendendo do lábio. Única diferença é carapinha molhada. Acho que só assim vê água. De chuva. Os "veranistas" ainda estava nas redes da varanda, "jiboiando" a feijoada.

- Chuva caningada essa – foi logo dizendo sem dar cabimento às saudações. – Só vi igual quando o tubarão comeu o compadre Tomaz.

- O tubarão comeu Tomaz, o seu compadre? – Assombraram-se os que já tinham acordado.

- Pois foi.

- Mas Tomaz não tinha se afogado com a sereia?

- Quem?

- Seu compadre Tomaz.

- Não, menino, você está fazendo é confusão. Quem afundou com a sereia foi o mestre Tomaz. O mestre, está ouvindo?

- Mas não é a mesma pessoa?

- Menino... que é isso... eu sou lá homem de mentir, de inventar história. Mestre é uma coisa, compadre é outra, está entendendo? Pois foi. Aquele Tomaz era o outro. Era o mestre Tomaz. Esse não. Esse era o compadre Tomaz, outra pessoa. Diferente, está entendendo?

- Danou-se.... seus amigos todos se chamam Tomaz, é?

- Não, só aqueles dois.

- Quer dizer... se tiver nome de Tomaz e for seu amigo, morre.

- Não diga uma desgraça dessa não – Zezinho coçou a cabeça meio pensativo, levantando o chapéu de palha pela aba - Mas olha, imaginando aqui com os meus botões, sabe que tu disseste uma coisa certa. Eu nunca tinha reparado nisso. Chamou Tomaz, foi meu amigo, tem jeito não, vira as cambotas: morre logo. – E encarando um dos veranistas, passou a mão aberta pelo rosto, da testa até o queixo, numa constatação. - Menino, que loucura, uma ziquizira danada. Parece coisa do Demo.

Mauro, aquele que mais gosta de aperrear Zezinho, entrou em casa e voltou com a garrafa de cachaça e seriguelas para tira-gosto. Serviu uma rodada e pediu:

- Zezinho, conta aí como foi a história do Tomaz, que não era o mestre, mas era seu compadre, ser comido pelo tubarão.

- Presta atenção Mauro e todo mundo que eu só vou contar essa aventura uma vez.

Formou-se a roda de sempre e Zezinho, do alto do seu pouco mais metro e meio, dos seus conhecimentos da ciência do mar e encantos das sereias, temperou a garganta com uma dose grande de aguardente, botou uma seriguela na boca e foi contando a nova façanha:

- Olha aqui, menino. Em dia assim como esse nem eu que tenho ciência me arrisco no mar. Quanto mais quem não conhece, não é cientista. É em dia assim chuvoso, com essas águas escuras, que os tubarões gostam de sair para caçar.

- Caçar? Caçar como? – Mauro atiça, dá corda.

- Caçar, pescar é tudo a mesma coisa. Eu sei que só se caça em terra. No mar é pescaria, né isso?

- E caça submarina, de arpão.

- Que caça, menino, que caça! É pesca. Pesca submarina, homem de Deus. Não estou dizendo, você não entende nada-nada da ciência do mar. E se não entende, fique calado pra num mdizer besteira, homem de Deus.

- Não importa. Hoje você está enrolando muito, Zezinho. Conta logo como foi que o mestre Tomaz foi engolido pelo tubarão.

- Alto lá! Mestre, não. Compadre Tomaz - atalhou Zezinho mão espalmada, braço esticado na horizontal.

- Isso. Está certo, eu me enganei –contemporizou Mauro.

- Como eu ia dizendo, é nesses dias de chuva que os tubarões mais gostam de procurar suas presas, as tartarugas marinhas. É porque elas também saem para ver se pegam as presas delas.

- Está enrolando, Zezinho. Enrolando. A gente quer saber é a história do tubarão e do mestre... opa, compadre Tomaz.

- Menino, deixa eu falar primeiro.

- Deixa ele, Mauro. Não atrapalha. Deixa Zezinho contar a história ou o tubarão vai morrer é de fome – provocou Eduardo, o dono da casa, na maior gargalhada.

- Fala, Zezinho, – concordou Mauro

- Olha, não é brincadeira não. O compadre e eu sabíamos porque temos a ciência do mar, eu mais do que ele... a gente sabia que era perigoso botar a jangada numa água mexida como aquela. Mas botamos. Estava todo mundo na maior precisão. Não tinha nada em casa pra botar na mesa. Era o jeito.

Aprumou-se na murada da varanda, coçou a batata da perna e serviu-se de mais uma dose de cachaça que foi bebendo aos pouquinhos.

- O mar estava buliçoso, batendo demais. Era cada onda que valha minha Nossa Senhora, valha-me meu São Pedro, padroeiro dos pescadores. Dava medo até em gente como nós, cientistas.

Bebeu o resto da lapada de cana. Nem comeu outra seriguela para rebater. E foi em frente com a história.

- Paramos num pesqueiro que a gente conhece, bem no alto mar, e fomos arriar a rede do barco. Foi aí que eu vi a primeira.

- Primeira o quê? Sereia? – Pergunta Eduardo levantando-se da rede.

- Menino, que é isso? Que sereia coisa nenhuma. Sereia era na outra história. Agora foi a primeira barbatana de tubarão. Tinha pra mais de meio metro. Uma coisa de dar medo.

Fez-se silêncio.

- Cutuquei o compadre Tomaz que estava sentado de costas para mim, porque ele cubava um lado e eu cubava o outro, de olho no cardume. Ele se virou, viu a barbatana e apontou para o lado dele. Valha-me meu São Pedro, me proteja.

- O que foi agora, – um dos meninos pergunta, se levantando.

- Do lado dele o mar estava coalhado de barbatanas. Mas era muita, muita mesmo. Demais. E cada uma maior que a outra. De repente, nossa jangada estava cercada. Para onde você olhasse era aquele marzão, só de barbatanas. Vez por outra um tubarão daqueles botava a boca fora da água como se quisesse pegar a mim e o compadre. Menino, dá para servir mais uma? A saideira...

Zezinho gostava dessas paradas estratégicas para sentir se a prosa estava agradando. Queria aumentar o suspense. Voltou a beber devagarinho, saboreando não a pinga, mas o interesse dos circunstantes.

- Mas era tanto tubarão, tanto tubarão, mas tanto tubarão que ficava até difícil de ver o mar. E a gente ali, cercado. E os bichos tudo em volta, na tocaia, vez ou outra abrindo a boca enorme, mostrando os dentes pontudos.

Parou novamente, pegou duas seriguelas e colocou na boca. Estava gostando do efeito da história, hoje. Quando ia recomeçar, a dona da casa chegou com uma paçoca de carne de sol.

- Acertei com o compadre Tomaz da gente ficar bem no centro da jangada, sentado um de costa para o outro, eu com a retranca na mão e a peixeira de cortar peixe na outra.

- Retranca? Virou futebol agora, é? – Eduardo levando na gozação.

- Retranca, sim. Sabe o que é não, menino? Está vendo, tem que ter ciência. Retranca é uma vara, um pau que a gente usa para abrir a vela e ficar com ela aberta. Tem lugar que chama de tranca, que é a mesma retranca. Além de mim e do compadre, a gente ainda tinha em cima da jangada o samburá que é o cesto para guardar peixe, a quimanga que é que nem uma marmita do pescador onde vai farinha, banana, rapadura e um assado. Mais para o fim fica o remo de governo, que nem uma pá grande, para dar rumo na jangada. Leme, na linguagem dos não entendidos. Mais dois remos pequenos usados para ajudar a navegar. E o tauaçu, uma pedra grande que serve de âncora da jangada.

- Mas é muita coisa - palpitou a mãe de Mauro.

- Que é isso, Dona Luci? Quase nada. Coisa à toa. Mas... pois então: ficamos ali, cada um com sua arma vigiando se um danado daqueles ia se meter a besta. Aí aconteceu.

- Aconteceu o que – perguntou Mauro, pondo-se de pé.

- Menino, o que é que tinha que acontecer? Hein? Diga aí, diga.

- Sei não.

- O tubarão engoliu o compadre Tomaz.

- Como?

- Sei não. Só ouvi o baque na água: Plaft.

- Minha nossa.

- Quando me virei, vi os pezinhos do compadre bulindo, saindo da boca de um dos malditos. De sandália e tudo. Aí eu marquei ele.

- Marcou o quê? Como? – Indaga dona Luci.

- Marcando. O tubarão, ora essa. Ciência de pescador. Coisa que vocês não entendem.

Houve um ligeiro burburinho de descrédito no grupo, mas Zezinho fez que não escutara.

- Não perdi o frechado de vista, mesmo no meio daquele mar de barbatanas. Acho que ele não mergulhou porque não tinha espaço ou porque estava de bucho cheio. Fui virando a jangada na direção do bicho, girando, girando e ploft: dei com o remo de governo bem nos dentes dele. E dei de novo, de novo e de novo. O danado ficou zonzo. Eu tasquei o tauaçu no espinhaço do safado. Quando os dentes do tauaçu, que são umas estacas de madeira pontiaguda que cercam a pedra, se enfiaram no coro do maldito, eu puxei ele para cima da jangada.

- Puxou com ajuda de quem? – Luci olhos arregalados.

- Vixe, menino, de quem mais podia ser? De ninguém, ora essa.

- Com ajuda de uma sereia – zombou Eduardo. Mas Zezinho, empolgado, fez que não ouviu e continuou a narrativa:

- Com ele em cima da jangada, meti-lhe a faca de cortar peixe bem no bucho e abri o desgramado de cima a baixo - ia descrevendo a cena, fazendo os gestos como se o tubarão estivesse ali, agora sendo esfolado por ele.

Pediu a "saideira da saideira". Serviram-lhe mais uma dose de aguardente que ele virou na hora.

- Quando abri o bucho do miserável, sabe o que encontrei?

- Não, o que foi? Não me diga que o compadre estava vivo.

- Vivo, não. Mas estava de chapéu, perna cruzada, sandália, e o ciigarro ainda aceso no beiço, bem sentadinho no bucho do tubarão.

Conversa fiada

O mistério de uma conversa sem pé nem cabeça.

Estava eu sentado num tamborete na bodega de Seu Nezinho, aguardando os amigos que viriam para a tradicional cerveja do domingo falar de política, de futebol de mulher e dar boas risadas. Como cheguei primeiro, nada para fazer, espichei o ouvido na direção da conversa de dois rapazes, imagino na casa dos 19-20 anos e fui me interessando.

- Eu até hoje só me arrependo dos pecados que não cometi.

E explicava o porquê.

- Tudo que é bom é pecado.

- Mas tem exceções - replicou o outro.

- Matar, é uma exceção.

- Roubar também? - quer saber o companheiro.

- Deve ser bom. Político rouba. Dono de construtora, rouba. Juiz rouba. Ninguém fica rico sem roubar, a não ser que tenha recebido uma herança. Mas quem deixou a herança fez fortuna roubando. Rico rouba e não vai para a cadeia. E se vai, fica pouco tempo. Depois, vai aproveitar o dinheiro roubado.

- E quem ganha na loteria? Não rouba e é rico.

- Esse nasceu com a bunda virada para a lua. Ninguém tira na loteria honestamente.

- Conversa, homem.

- Conversa o quê? Você não viu os tais políticos que pegaram roubando o dinheiro para combater a Covid? Eles disseram que ganharam uma porrada de vezes na loteria. Mentira, tudo roubo. Fizeram mutretas lá na loteria para eles ganharem... hein? Tudo roubo, cara. Só roubo.

- Sim, mas tem quem tira-tirando.

- Tirando-tirando?... Tu acreditas?

- Claro que acredito. Tem um monte de gente por aí contando a história.

- Olha, mano, fizeram um cálculo, a probabilidade... sabe o que é probabilidade, não sabe?

- Sei, claro que sei.

- Então, presta atenção: a probabilidade de alguém acertar na loteria é de uma em cinquenta milhões, já imaginou?

- Já.

- E você sabe o que é isso?

- Mais ou menos.

- Então, presta atenção, de novo... é o mesmo que eu pintar um grão de areia de azul, mandar você virar de costas e jogar numa beira de praia. Depois de meia hora, te mando procurar. Você acha que é possível encontrar o tal grãozinho?

- Difícil é, mas impossível, não.

- Ah, tá. Você parece minha mãe.

- E por quê?

- Vivia na missa rezando, fazendo promessa para os santos atenderem as preces dela. Pedia inverno um ano, dois, três. E tome seca um, dois, três anos. Quando a chuva vinha, lá ia ela ralar os joelhos na calçada da igreja do Rosário, na Ribeira, pagar o que não devia.

- E não era de pagar a promessa?

- Votes, se alguém estava devendo, não era ela, não. Eram os santos. Três anos e nada. Faziam ouvido de mercador.

Só no quarto ano é que eles mandaram a chuva. Eu acho que estavam de saco cheio de tanta caninga. E tem mais uma coisa.

- O quê?

- Não era de todo santo que a minha mãe era devota. Quando soube que a Igreja que ela frequentava se chamava Igreja de Nossa Senhora do Rosário dos Pretos, mudou-se de mala e cuia para a Igreja de Santa Terezinha.

- Foi mesmo? E por quê?

- Taí... eu perguntei pra ela: mãe a senhora, por acaso, não é devota de santo preto?

- O que é que ela respondeu?

- Sou não. Tenho outros a para pedir primeiro. Até hoje nunca precisei desses daí.

- Cara, pior é a minha mãe que...

Eu nunca soube o porquê da mãe de um ser pior do que a do outro. É que os meus amigos chegaram contando as últimas.

- Traz outra cerveja, Seu Nezinho.

Heliotério foi o único filho homem de Seu Hélio e dona Quitéria. Daí o nome. Nasceu em São Miguel de Pau dos Ferros, no Planalto da Borborema, município quase 500 quilômetros distante da capital, Natal, com uma população, à época, beirando os 25 mil habitantes. Terra de cabra-macho, de vaqueiros valentes, homem com H maiúsculo.

Tério, como era chamado, não era desses. Nunca apreciou boi nem cavalo. Tinha horror. Nenhuma vocação para vaqueiro. Povo grosso, sem classe, fedorento. Vaquejada, uma maldade. Coisa de gente primitiva, mau educada, sem modos. Preferia artes, balé, teatro, cinema. Pena que em São Miguel não tinha nem cinema e nem teatro, então. Imagine balé. Sonhava em ser ator, brilhar em Hollywood ou Rio de Janeiro, ser reconhecido por onde passasse. Protagonizar um grande espetáculo com final apoteótico, que fizesse a plateia ir às lágrimas.

Seu Hélio deixou de falar com o filho. Uma decepção, dizia ele que queria o menino, único descendente varão, macho de verdade. Não essa coisa de ficar ouvindo novela no rádio, lendo sobre artista, dança, arte. Agora deu até para cascavilhar a história do município. Disso Tério sabia tudo. Até de plantas ele entendia De que adianta essa bobageira? De nada. Tudo bestagem, sem serventia. Coisa de fresco, veado.

Mas o jovem tinha orgulho das suas descobertas. Fossem sobre a vida dos artistas ou sobre São Miguel, uma cidade que, em beleza, rivalizava com o Rio de Janeiro. No entanto, ele só podia exibir seus conhecimentos à noite, lá na praça central, cercado de meninas.

- Foi aí pela metade do século XVIII, anos 1700 e votes, nos tempos ainda do Brasil Colônia que Manoel José de Carvalho, um fazendeiro riquíssimo, deu com os costados por essas bandas interessado em novas terras. Ele não andava muito satisfeito com as de Icó, lá no Ceará, onde tinha fazenda.

Aos poucos as meninas, desinteressaram-se e foram saindo. Restaram só duas. Ainda assim, Tério sentia-se empolgado. Tinha dias que ninguém queria ouvi-lo. Povinho ignorante. Cultura zero. Armou-se de gestos e trejeitos para colorir a história que ia contar.

- Pois olhe – continuou - quando o dito senhor Manoel chegou aqui, ficou encantado. Encantadíssimo, para melhor dizer. – E colocava a mão espalmada na frente da boca, olhos arregalados, fazendo ar de espanto. - Achou nossa vegetação tão linda, diferente da de Icó, um mato horroroso. E aí ele disse essas palavras: "Estamos na Lagoa de São Miguel. Aqui ficarei e um povoado se construirá ao redor de onde estamos". Uma frase profética.

Faz uma pausa, reclama do calor e prossegue no mesmo entusiasmo e gestual exagerado:

- O coronel Manoel Carvalho era um homem elegante, barbas brancas, gravatinha borboleta e terno escuro que vestia sempre para ir às missas dos domingos. E o que ele vaticinou logo aconteceu. Rapidamente o povoado que fundou passaria a vila. Mas só cento e vinte anos depois chegaria a município, desmembrado de Pau dos Ferros.

- Vacinou? Vacinou quem? - pergunta uma das duas meninas.

- Que vacinou?! Ora meu Deus, va-ti-ci-nou., não vacinou, entendeste? Vaticinar é o mesmo que profetizar, adivinhar, antecipar uma coisa que vai acontecer

- O que eu nunca entendi, Tério, é o porquê do nome Pau dos Ferros. O certo não seria pau ferro, a árvore? – A amiga interveio para que Tério não chamasse a outra de burra, como fatalmente só iria acontecer.

Feliz com a questão que lhe permitia demonstrar um pouco de erudição, Tério passou a mão no cabelo, deu uma rabissaca, ergueu a cabeça orgulhoso e explicou:

- Não, menina. O nome mesmo é Pau dos Ferros. Pau, pau! Sabe o que é pau, sabe? Não é o que você está pensando, não. É pau, árvore. Árvore, está entendendo?

- Vixe, Tério, eu não estava pensando em nada não, ôxente.

- Brincadeira, menina. Deixa eu lhe contar.

- Pois conte. Mas não fique tomando essas liberdades comigo não, viu?

- É que no início, quando Pau dos Ferros ainda era povoado, existia um curral com um grande pé de oiticica no centro. Uma árvore que dizem ter mais de duzentos anos, frondosa e que servia não só para fazer sombra.

- E podia servir para mais o quê? Ao que eu sei, oiticica não dá fruto. Servia para que, então?

- Você está enganada, a oiticica dá fruto, sim. Só que não se come, mas serve para corantes naturais e para fazer biodiesel, sabia?

- Sabia não, olha que coisa. E para que mais?

-Também servia para os vaqueiros, depois de ferrar o gado, esfriar o ferro em brasa no tronco dela, que era muito largo. Vem daí o nome do município: Pau dos Ferros. Porque o tronco da oiticica era todo marcado pelos ferros dos vaqueiros, entendeu?

A garota balançou a cabeça afirmativamente. Agora era a única interessada na conversa. A outra fora "rodar a praça no sentido das moças". Os rapazes "rodavam" em sentido contrário, "sentido dos moços".

- Acho que você não sabe... – Tério coloca as duas mãos na cintura e olha sua diminuta plateia de uma espectadora só, batendo repetidamente a ponta do pé no chão da praça, queixo erguido, desafiador.

- O que é que eu não sei, Tério?

- Nem você, nem ninguém. Du-vi-d-o-dó. Du-vi-do.

- O quê? Diz logo.

- Sabe a lagoa dos Cedros, a São João, a dos Mil Homens?

- Sei. Quem não sabe? Todo mundo da cidade sabe, ora que besteira.

- Né isso não, menina. É outra coisa que ninguém sabe. Nem você.

- E o que é? Outra besteira, é? – A adolescente irritada.

Tério, recompondo-se e com medo de perder seu público, senta ao lado dela.

- Sabe quem deu esses nomes para as lagoas? – Perguntou olhando-a com atenção.

- Sei não.

- Pois foi ele. – Ergueu, de novo o queixo como se fosse dono de um segredo secular.

- Ele quem, Tério? Vixe como você hoje está misterioso, chato com essa lengalenga.

- Chato não, viu. Cha-to não. Agora eu não conto mais quem batizou as lagoas, pronto. Não admito que ninguém me chame de chato.

- Desculpe Tério, você não é chato não. Diga aí quem deu os nomes pras lagoas. Agora fiquei curiosa.

- Ficou, é? Pois não digo, não digo e não digo. De jeito nenhum. – Levantou-se dando as costas para ela, braços cruzados na altura do peito, batendo com a ponta do pé no chão, repetidamente.

- Ah, Tério, conta, por favor. – Pediu a garota pendurando-se no braço dele.

- Pois olhe aqui, Nazaré – esse era o nome dela - eu fiquei com raiva porque você me chamou de chato.

- Fique não, fique não. Foi só uma brincadeirinha. É que eu estou curiosa.

- Está, é? Pois morra que agora eu não conto. Só porque você foi indelicada. Não conto, não conto e não conto... fiquei com raiva, viu?

- Por favor, por favor... conta, vai.

- Não conto.

- Por favor Terinho, conta. Por favor.

- Pois bem, eu vou contar só porque me chamou assim. De Terinho. Eu gosto. Gosto muito. Eu já tive um amigo aqui - é segredo, viu - que me chamava desse jeito. Terinho... Pois bem, você tem que jurar que nunca mais vai me chamar de chato. Jura?

- Juro.

- Juro o quê?

- Juro que nunca mais vou lhe chamar de chato.

- Jura pelo quê?

- Juro pela alma da minha mãe.

- Ah, assim está bom. Não precisa morrer mais para saber o fim da historia. Pois escute só: quem deu nomes àquelas lagoas foi o coronel Manoel José de Carvalho, o homem que fundou São Miguel do Pau dos Ferros. E até hoje ninguém se atreveu a mudar. Os nomes das lagoas.

- Vixe, Tério, que segredo mais besta.

- Besta não, Nazaré. Besta não. Isso é historia. Historia, viu? E historia não é besteira. Onde já se viu! Ainda mais a historia da nossa cidade, que é muito linda. Que encanta a todos que vêm aqui. Um dia isso vai ficar cheinho de turistas. Com cinemas, teatros, artistas... fique sabendo que eu ainda vou ser artista. De teatro e de cinema. De novela da Globo, também. Espere só.

A menina ficou olhando para ele, calada, querendo descobrir a importância daquelas coisas todas.

- Os nomes das lagoas de Cedro e São João, não tem mistério nenhum. É nome de lagoa mesmo. Agora o outro...

- Que outro, Tério?

- O nome da outra lagoa.

- Que é que tem?

-Lagoa dos Mil Homens... vixe Nossa Senhora, que exagero! Pra que tanto homem, me diga aí... Sabia que os homens, mais de mil, tomavam banho ali? Todos pelados, nus, sabia?

De nada servia tanto conhecimento sobre o município, "situado a mais de 400 metros de altura numa formação geológica do período Pré-Cambriano, coisa de mais de 600 milhões a um bilhão de anos atrás", reclama Tério, decepcionado.

- Cadê turista para ver isso? Não vem turista algum se banhar nas águas do açude Bonito II, inaugurado em 1955 com onze milhões de metros cúbicos de água e com bacia com mais de 73 quilômetros quadrados. -

- Aquele mundão de água ... para que, me diga aí? Só para o pessoal daqui mijar dentro?

Não aparece ninguém mesmo, para desespero de Tério que sonha, um dia quando a cidade crescer, virar o secretário de Cultura e Turismo. Para isso tem estudado a flora local que, segundo imagina, "irá deslumbrar os visitantes com a variedade da nossa caatinga *hiperexófila,* onde abundam cactáceas e plantas de pequeno porte, como o *Pilosocereus pachycladus* - conhecido como facheiro; o *Cnidoscolus quercifolius* ou faveleiro; a jurema preta ou *Mimosa hostilis*, o marmeleiro cientificamente chamado de *Cydonia oblonga.*

- Isso sem falar do nosso queridíssimo xique-xique, conhecido por *Pilosocereus polygonus,* sabia Nazaré?" - Para Tério, esse cacto produz flores mais bonitas que as da orquídea. Mas não adianta, lamenta-se.

- A prefeitura não tem competência para atrair turistas. Turistas do Brasil inteiro. E até do exterior, que ficariam de queixo caído com a variedade e a beleza da nossa flora única e resplandecente – lamenta-se.

São Miguel do Pau dos Ferros era, na verdade, diferente desses devaneios. Lugar de cabra macho, de coronéis da política e, às vezes, de jagunços acoitados em fazendas e granjas. Tério com a sua cultura, seu interesse na carreira artística, jeito afetado, nascera no lugar errado. Não cabia mais ali. E nem na família, também. Nunca coube.

Por isso, tangido de casa pelo pai, partiu para São Paulo, em busca da sonhada carreira artística, da fama, do estrelato.

Por incrível coincidência, conseguiu emprego na Globo, em São Paulo. Não na TV. Na Farmácia Globo, no Tatuapé, bairro onde passou a morar num quartinho, em cima de uma padaria. Ainda bem que tinha direito ao desjejum com um pão, dois queijinhos e café preto. Tério comia um dos queijinhos amassado dentro pão sem manteiga. Guardava o outro para o jantar.

O salário da "Globo" dava apenas para pagar o quartinho e uma ida aos domingos à praça da República, com direito a passeio pela avenida Paulista, à noite.

Sempre na companhia de Silvério que de dia era frentista num posto de gasolina, mas à noite preferia que o chamassem de Ana Sílvia, já que se vestia como mulher.

- Tu sabes por que o nome desse bairro é Tatuapé? – Tério não perdera a mania de pesquisar, estudar. A curiosidade aguçada levou-o a desvendar a misteriosa toponímia do lugar.

- Ai, sei não. Coisa mais besta. Na verta era porque havia algum caminho de tatus por essas bandas. E tatu não anda de carro, tinha que ser a pé mesmo. Deve ser por isso, né não? Tatu-a-pé. Pois é. Pronto, taí. Expliquei.

- Isso é uma teoria, Silvia. Teoria. Mas teoria errada.

- Teoria... teoria... lá vem você com palavra difícil. E que danado é teoria, meu amor?

- É o que quase todo mundo acredita, mas não comprova. Uma conjectura, uma presunção, está me entendendo? Mas eu andei me informando, pesquisando... chafurdando, para dizer melhor.

- Vixe como tu é curioso... eu, hein!

- Acontece que tatu aí no nome do bairro não é o bicho, o peba. Né isso não, homem.

- Homem não, hein? Homem não - batendo o pé no piso – Ana Sílvia, se faz favor.

- Desculpa Silvia, desculpa. É que eu me empolguei.

- Pois não se empolgue não, visse? – Sílvia fazendo cara de zangada. - Não se empolgue não, já disse. Faz favor.

- Eu já pedi desculpa. Não precisa esticar o assunto, ora. – Tério irritado e querendo voltar ao tema, mostrar conhecimentos.

- Veja Silvinha, meu amor – fala tocando com a ponta do dedo indicador no ombro dela - eu andei pesquisando e descobri o seguinte: não tem nada a ver com tatu. Na verdade, a palavra é indígena, Tupi-Guarani. E o T nessa palavra nem junto é. É separado. O T quer dizer: relativo a alguma coisa. O T colocado antes da palavra, do termo, separado, tem significado de "relativo a", entendeste?

- Como é, Tério? Que confusão danada é essa, homem de Deus?

- Deixe de sua frescura, Silvinha. Deixe, por favor. E preste atenção. Se o T era separado, a palavra certa, seria bem assim: T, espaço, ATU. Depois APE, outra palavra, entendeu?

- Entendi nada. Deu foi um nó aqui no meu juízo. Que porra é essa de T e depois, ATU? Tem sentido não, menino. Isso é invenção sua. Ora T depois ATU separado. Num tem essa de porque está separado, não ser tatu. Isso é invenção sua. T mais

ATU, mesmo que seja separado, é tatu. Pronto, acabou-se. Pensa que sou besta, é?

- Invenção coisa nenhuma. Eu não invento nada. Pesquiso, estudo, descubro. Pois bem, ATU é uma palavra que em tupi-guarani, a língua dos índios, não sabe, quer dizer encurtado. Está entendendo? En-cur-ta-do. Também pode querer dizer raso.

- Agora deu, mesmo. Que conversa mais boba. Vai bem dizer que AP quer dizer apartamento?

- Deixa de ser burra, Silvinha. Não é A-P , é A-P-E. APE, entendeu?

- Ah, tá. E os tatus?

- Que tatus, Silvinha, pelo amor de Deus. APE em tupi-Guarani, significa caminho.

- É? É? Significa caminho, é?... Que coisa, menino... sabia não. Caminho... quem diria...

- Então, Sílvia... vamos juntar tudo: o T separado significando relativo a alguma coisa. ATU, quer dizer encurtado.

- Tu não dissestes que o T era separado? Agora tá querendo juntar. Tá vendo, é tatu.

- Pelo amor de Deus, Silvinha. Vamos juntar as palavras, não o T.

- E o APE?

- Tu dissestes que ap num é ap... é ou não é?

- Não – Tério batendo o pé com força no chão – eu já disse, mulher APE não é ap, entendeu? APE quer dizer...

- Viu? Eu tinha razão... quer dizer apartamento mesmo, não é? Eu num disse... Tem outro jeito não.

- Ave meu Deus, dai-me paciência... deixa de ser burra, mulher. APE, na língua dos índios, quer dizer caminho, entendeste? Ca-mi-nho. Caminho.

- Então, quer dizer... T... APE... mais ATU... Vixe, entendi não. Socorro, Terinho, socorro – Sílvia rindo envergonhada e enfiando a cabeça no peito de Tério.

- Mulher, veja como é fácil: T espaço, ATU e depois APE. Traduzindo T-ATU-APE quer dizer relativo a caminho encurtado. Depois, no popular, virou Tatuapé. Está vendo como é fácil?

- E que miséria de caminho era esse?

- Era o caminho, um atalho até o Tietê, o rio. Esse bem aí da Marginal, entendeste?

Foi num desses passeios que Tério se deu mal. Caminhava pela Paulista, desta vez sozinho, coisa de uma da madrugada, com sua calça apertada, camisa com "decote em V", quando foi abordado por três rapazes que pararam um carro esporte branco junto ao acostamento.

Animou-se. Pensou em uma paquera.

- O que você está fazendo sozinho uma hora dessas aqui na Paulista - perguntou o mais forte deles, cabelo louro, tênis branco e algo na mão que parecia um relógio. Era uma soqueira de ferro.

- Pois é. Estou procurando companhia. – Tério, jeito meio coquete, fazendo biquinho.

- Olha aí, pessoal. O cara além de veado é um desgraçado de um nordestino.

Agora Tério compreende o que se passa. E fica com medo. Muito medo. Ainda mais quando leva um soco no rosto, dado pelo rapaz com quem falara. Sente o gosto de sangue na boca. Cai e é cercado pelo grupo que passa a chuta-lo na cabeça, na barriga e nas costas. Percebe que sangra pelo nariz e pela boca. Os jovens o espancam sem piedade.

- Nordestino filho da puta. Se manda daqui, veado. São Paulo não precisa de sua raça imunda.

E batem. Batem muito. Muito mais.

Tério geme pedindo pelo amor de Deus que o deixem.

Não fosse uma patrulha da polícia que ligou a sirene, os três teriam continuado o espancamento. Para Tério, a sirene foi um aviso para o trio ter tempo de se evadir.

A viatura não persegue os agressores. Nem presta socorro ao agredido. Um dos soldados desce do carro e acende um cigarro, comentando que "é só um veado". O outro fica falando no rádio. Alguns instantes depois vão até Tério.

- Levanta aí, ô bicha – ordena o cabo da guarnição.

- Que isso lhe sirva de lição para que saiba o que fazem com veados por aqui, – completa o outro soldado. - Quer fazer uma queixa? A gente te leva na delegacia.

Vão. E lá o escrivão não é nada prestativo. A sala tem bêbados, duas prostitutas decadentes que haviam brigado na rua, mais um assaltante preso em flagrante ao tentar roubar uma farmácia com um revólver de brinquedo. Esse já entra levando tapas na cabeça.

- Vou fazer primeiro essas ocorrências aqui – resmunga o escrivão mal-humorado – o veado fica por último.

Tério só retorna ao seu quartinho quase oito da manhã. Era para ter chegado ao trabalho às cinco, para fazer a faxina. Mas, do jeito que está, mal se aguenta em pé. Toma um banho, troca de roupa e vai para lá. Pretende contar tudo o que lhe ocorrera sabendo que entenderão e não perderá o emprego.

Mas não é bem assim. Perdeu o emprego, ninguém se compadeceu dele. Solidariedade nenhuma. Recebeu uns trocados com os quais comprou analgésicos para diminuir as dores.

O dono da padaria, que era também o dono do quartinho, não gostou de vê-lo naquele estado, todo inchado, um olho roxo, lábio partido, manquitolando. Desconfiado, alegou que precisava do quarto e também não queria marginal morando nele. Muito menos veado.

Tério está na rua, alguns poucos trocados no bolso. Sem saber para onde ir, pega um ônibus que o deixa embaixo do "Minhocão", o viaduto. Ali, outros sem-teto já estavam acomodados. Procura um cantinho junto às estruturas de sustentação. Um dos que "moram" no lugar há mais tempo avisa logo:

- Tem dono. Mas se quiser eu te alugo. Só 20 reais por semana. Ou cinco por noite.

Quis. Fazer o quê? Não tinha alternativa.

- Aqui é todo mundo amigo. Um protege o outro. Mas amizade é uma coisa, negócio é outra. O aluguel do cômodo tem que ser adiantado.

Dorme todo encolhido. Em um pesadelo é atropelado por um ônibus, dos muitos que passam sob e sobre os três quilômetros e meio do viaduto. Acorda sobressaltado e com frio. A temperatura caíra bastante, em torno dos 12 graus. Outro sem-teto empresta uma caixa de papelão para que se aqueça. A barriga reclama, não come desde a surra na avenida Paulista.

- Vai ali no lixo do bar. Sempre tem uns restos muito bons. Pedaços de sanduiche, de maçã, banana.

Agradece, mas não vai logo. Precisava vencer a repugnância de comer lixo. Atravessa a rua, de madrugada. Encontra no saco plástico preto metade de um sanduiche de mortadela e duas bandas de laranja de onde o pessoal do bar espremera todo o sumo. Mas dava para comer o bagaço. Limpa as duas metades da fruta na calça encardida. O que restou do sanduíche, come primeiro.

O dia amanhece apressado, buzinando. Nos poucos momentos que conseguira voltar a dormir, sonhou com São Miguel do Pau dos Ferros. Ele, paletó e gravata, na praça mostra aos turistas as inúmeras belezas daquela terra abençoada. Os visitantes, homens e mulheres, tinham rostos iguais ao de Nazaré, a menina que ouvia suas histórias.

Despertou chorando, o corpo todo moído da surra. Parece até que dói mais agora... A dor maior, no entanto, é a da saudade de São Miguel do Pau dos Ferros, seu paraíso.

- Chorando por quê? – Pergunta o colega que lhe alugara o "cômodo".

- Nada não. Nada mesmo. Acho que é a fumaça dos ônibus.

- Minta não. Aqui a gente tudinho já chorou. Não é vergonha não. Pode chorar, porque fora nós, ninguém vai ter pena de você. Enxergar você. A gente não existe. Está vendo esses carros todos, essas pessoas que passam? Ninguém vê a gente. Quando vê, reclama porque a prefeitura deixa nós aqui enfeando a cidade. Preferem o lixo. Então, meu amigo, pode chorar. Tenha vergonha não. Nem se preocupe. Ninguém vai ver.

Tério sai caminhando sem rumo, decidido a se matar. Sua vida acabara. Não tinha amigos, casa, família, emprego, nada. São Miguel do Pau dos Ferros é só uma saudade teimosa. As pessoas que o veem caminhar naquele estado, mudam de calçada. Machucado, sujo, parece um bandido, um esmoler, um bêbado. Mas pelo menos não está mais invisível, já que as pessoas o evitam.

Caminha sem rumo. Pergunta aqui e ali, quando alguém se digna a enxerga-lo, onde é o teatro. Que teatro? Não sabe dizer. O teatro municipal? Esse, esse, eufórico.

Às cinco da tarde chega à Praça Ramos de Azevedo. Bem na sua frente, imponente, luxuoso, lindo o inacreditável Theatro Municipal da Cidade de São Paulo, com todo esplendor da sua construção barroca, de traços renascentistas. Obra iniciada em 1903, bancada pelos "barões do café", foi inaugurada em setembro de 1911.

Aproxima-se, mas o acesso ainda está fechado. Um homem de quepe na cabeça, fardado, não fosse o azul marinho, seria almirante. Com luvas brancas, uniforme cheio de galões e berimbelos manda Tério embora, "senão chamo a polícia".

De volta à praça, fica pensando num jeito de entrar no teatro que um dia ainda vai tê-lo como protagonista de noites de gala.

Carros de luxo começam a parar na frente do prédio majestoso. Homens de *smoking*, mulheres em vestidos longos, motoristas gentis que abrem portas para as mais reverenciadas figuras da sociedade paulistana.

- Aquele não é o presidente Fernando Henrique? – Pergunta a si próprio enquanto, apressado, tenta se aproximar do ex-presidente da república. É afastado aos empurrões pelos seguranças.

- Eu só queria um autógrafo. Sou fã dele. Ai, não me empurra, seu brutamontes.

Mas é empurrado, sim. De longe, vê o cartaz do programa da noite: *La Traviata*, ópera de Giuseppi Verdi, baseada em a Dama das Camélias, romance de Alexandre Dumas Filho, encenada pela primeira vez em Veneza, no ano de 1853.

Tério sabe tudo sobre ópera, sua grande paixão. Aqueles sopranos, tenores, barítonos elegantemente vestidos, lindos, soltando a voz.

- Tenho que entrar de alguma forma. Nesse teatro já se apresentaram Maria Callas, Bidu Sayão, Arturo Toscanini, Camargo Guarnieri, Villa-Lobos, Francisco Mignoni, Magdalena Tagliaferro, Guiomar Novaes, Ana Pawlova, Arthur Rubinstein, Duke Ellington, Ella Fitzgerald, Isadora Duncan, Margot Fonteyn... são dezesseis, faltam três... – diz contando nos dedos.

Faz uma pausa, e lembra-se feliz:

Nijinsky, Nureyev, Baryshnikov...

- E em breve, He-li-o-té-rio o maior e melhor ator do Brasil – proclama em voz alta, esquecido do compromisso com a morte.

Pessoas "elegantérrimas", saem do teatro comentando o espetáculo. Mulheres ostentam joias faiscantes conduzidas por homens maduros, braços dados com elas, falam da crise econômica enquanto avançam na direção dos automóveis que, em fila, os recolhem junto às escadarias da entrada principal.

Tério aguarda a saída dos espectadores, dos atores, de todos. Está inconsolado, perdera a apresentação de "A mulher caída" (La Traviata). Este fora o último espetáculo da temporada. Lembra-se do compromisso. Mas antes tem de conhecer o teatro. O suicídio pode ficar para amanhã, tanto faz. Que vai se matar, não resta dúvida. Um adiamento de vinte e quatro horas não fará diferença. Então por que a pressa, se pergunta. Pessoa alguma poderá impedi-lo. Nem haverá de querer. Afinal, ele é só um invisível.

Está decidido, o suicídio pode esperar para amanhã. E será ali mesmo, num teatro, o último ato da sua vida.

Porém, há um problema ainda não resolvido: como entrar no prédio?

Todos os espectadores se foram. Menos atores e funcionários. São diversas pessoas saindo, entrando. Aproxima-se. Um ônibus encosta para levar ao hotel os que atuaram no espetáculo. São pelo menos dez pessoas saindo e outras dez - carregadores e ajudantes - entrando. Mistura-se aos que entram e reza mentalmente para não ser descoberto. Apesar das roupas, do estado lastimável da aparência, ninguém presta atenção nele. Voltou a ser invisível, graças a Deus. O "almirante" está desatento fazendo salamaleques e pegando autógrafos dos tenores.

Lá dentro, Tério vai se movimentando pelos grandes espaços desconhecidos. Tem vontade de parar e admirar tudo. De soslaio, reconhece no *hall,* "Diana Caçadora" a enorme e apaixonante obra de Victor Brecheret, escultor ítalo-brasileiro responsável pela introdução da arte moderna entre os escultores nacionais. É dele, inclusive, o gigantesco "Monumento às

Bandeiras", ali pertinho, no parque Ibirapuera, que levou 30 anos para ficar pronto.

O grupo vai se dividindo nas tarefas de recolher e guardar os objetos de cena, roupas e acessórios. Parte arruma poltronas, recolhe o que ficou esquecidos sobre elas ou caído no chão. Outra parte dirige-se aos camarotes e às frisas para uma primeira verificação.

Tério vai se desgarrando como se sua tarefa fosse uma dessas. Sua aparência chama a atenção, mas não é denunciado. Desce ao subsolo e dá de cara com o grande Salão dos Arcos, construído em tijolos maciços sobre robustas colunas de pedras semibrutas. O piso em granito branco com manchas em tons de cinza e iluminação cênica, empresta beleza e elegância ao lugar.

Ele acha que ali é o melhor lugar para se esconder. Enquanto a agitação em cima continuar, e se ninguém o dedurar, jamais irão encontra-lo.

Aguarda cerca de três horas. A fome é angustiante, há quase vinte e quatro horas está sem comer. Sente-se fraco, tonto. Tem sede, mas não pode sair agora para procurar um bebedouro. Tem que esperar. Também precisa urinar urgentemente. Está muito apertado. Em último caso, urina numa daquelas pilastras. Um crime... mas, fazer o quê?

Lá em cima desligam as luzes. Todas. Menos as externas. Agora pode sair. Vai tateando na escuridão, aventurando-se, esgueirando-se pelas paredes, pé ante pé. O breu da noite esconde as colunas neoclássicas, vitrais, mosaicos e mármores, bustos, bronzes, medalhões, afrescos e cristais, riquezas artísticas que dão majestade ao teatro. Se detém nas escadarias internas que se dividem em forma de ípsilon, todas em mármore de *Carrara,* com passadeira de veludo vermelho, sobre os degraus. Um luxo.

As luzes da praça Ramos de Azevedo deixam na penumbra o salão nobre, inspirado na sala dos espelhos do Palácio de *Versalhes*, na França. Consegue enxergar enormes quadros de pintores europeus, esculturas, cristais, colunas neoclássicas. Visto desse jeito, sob a luz da rua filtrada pelos vitrais, o salão cresce em nobreza.

A área reservada à plateia, com 1453 lugares, e também o palco estão mais escuros. Por isso, Tério não pode contemplar a suntuosidade do auditório, das frisas, dos camarotes, os quatro diferentes níveis para acomodar confortavelmente os espectadores. Uma réstia de luz que se filtra por uma porta à direita da boca de cena permite vislumbrar, mas só parcialmente, o fosso da orquestra.

Caminha até uma escada que leva ao último andar, no amanhecer de mais um dia frio e seco. Já lá em cima se depara com uma porta apenas encostada. Abre. No interior, roupas de época amontoadas. Deita-se sobre elas e tira um cochilo antes do suicídio. Está exausto.

A praça lá embaixo começa a despertar ao som das buzinas de automóveis urgentes, dos motores cansados dos ônibus lotados, do burburinho de pessoas apressadas para chegar ao trabalho. Tério acorda sobressaltado, parece que não dormira nada. Decidido, sobe uma outra escadinha que o leva ao teto do teatro. Está muito frio. Até ali em cima o bom gosto e o refinamento se fazem notar na palavra "theatro" ladeada pelos vocábulos "música" e "drama" em alto relevo, no frontispício do prédio, tudo encimado por esculturas de bronze importadas da Europa.

Tério decide se apressar para não perder a hora da morte. Ele ultrapassa a balaustrada e posta-se sobre o pórtico "drama", os primeiros raios do sol furando a névoa que fantasmagoriza a praça, passando entre a imponência das palmeiras imperiais. Uma luz fraquinha e amarelada se derrama sobre passantes apressados que são engolidos logo adiante, pelas bocas dos acessos ao metrô.

Lá embaixo, no viaduto do Chá, alguém aponta para o vulto em meio a névoa da manhã. Tério. As pessoas esquecem a pressa e vão parando, se agrupando, olhando para o alto, questionando umas as outras. O que faz aquele sujeito equilibrando-se na beirada do teatro? Será uma performance? Quem sabe é um operário. Ou um suicida?

- Pula, filho da puta – grita alguém.

- Pula logo, desgraçado, eu preciso ir trabalhar – berra outro.

O grupo cresce em tamanho e impaciência. Um pipoqueiro aproveita a aglomeração para aumentar as vendas e, claro, apreciar a cena. Uma patrulhinha da Guarda Municipal estaciona. Os guardas, dois, descem e tentam, entrar no prédio, ainda fechado. Falam pelo rádio com superiores, comunicando a ocorrência.

Um outro guarda, estremunhado, sai de dentro do teatro. Conversa com os colegas e vai para a rua olhar o homem lá no alto que a sua desatenção deixou entrar. Tenta explicar-se para os colegas.

De cima, Tério olha os curiosos. São mais de cem pessoas, agora. Seu público, a sua plateia...

- Vai logo, corno. Pula – exige um dos espectadores.

- Pula não, irmão. Segura na mão de Deus. Aqui está ela. O Senhor é meu pastor e nada me faltará. Nem a você, irmão – prega desesperado e aos gritos um evangélico, brandindo a bíblia.

- Pula-pula – é o coro dos espectadores.

O trânsito engarrafa. Novas sirenes da polícia exigem passagem.

Embevecido, Tério enxerga sua plateia interagindo com ele, o ator. É a glória, o ápice, pensa. Desce da murada e corre para dentro.

Ouve-se um "aaahh" de decepção da "plateia". A maioria das pessoas começa a ir embora. Mas algumas ficam, animadas com a chegada de mais uma viatura da PM com pessoal treinado para lidar com situações assim.

Só que Tério já não é mais um quase suicida. Nem lembra desse compromisso. Agora é um ator em plena função. Ressurge travestido de Maria Antonieta, traje sobre o qual tirara um cochilo ainda ha pouco. Na cabeça, uma peruca loura esvoaça conforme ele dança sobre o estreito parapeito, para delírio do seu público que o aplaude e incentiva.

- Pula logo, cretino.

- Pula não, irmão – brada o pastor evangélico tentando salvar a ovelha desgarrada.

- Vai, veado... pula!

- Veado, não. Cristão. Aceite Cristo, irmão. Só Jesus salva. Confie no Senhor, meu irmão querido. Jesus lhe ama.

- Circulando, pessoal. Circulando. Vamos desocupar a rua. Por favor, saindo todo mundo – o guarda de trânsito sopra o apito inutilmente tentando fazer os carros seguirem adiante.

- Vocês são maravilhosos – grita Tério com uma reverência.

Lá embaixo irrompe uma vaia.

- Vai querer pipoca aí, moço? – O vendedor debruçado no carrinho, um pé fora da sandália enganchado na canela, relaxado e feliz com tantas vendas.

- Obrigado, obrigado – Tério embriagado pelo "sucesso".

Outra vaia.

- Obrigado meu público. Eu amo vocês.

Mais vaias.

- Me aguardem, me aguardem. Não saiam daí. Agora vem o grande final. Esperem só.

Vaia.

- Veado, você não ia se matar? – grita um senhor com um cartaz preso ao corpo anunciando: compro ouro.

- Afrouxou, foi? – exclama aos gritos um jovem de camisa branca e gravata, bancário.

- Jesus tem poder - protesta o pastor de terno escuro, pregando muito mais para o aglomerado de pessoas do que para o suicida.

Lá no topo do teatro, bem próximo da grande cúpula de um verde opaco que se confunde com o céu cinza, Tério revoluteia em desajeitados passos de balé clássico, saiote branco, um laçarote também branco amarrando a peruca, pés descalços.

- A Morte do Cisne – anuncia para a multidão que xinga, apupa, atira objetos tentando atingi-lo e se diverte na maior algazarra. Os negociadores da polícia chegam à cobertura e aproximam-se. Menos de dez metros para, numa investida, conter o quase suicida. É o momento mais crítico, mais difícil da abordagem. À frente, uma policial feminina comanda a operação resgate. Ela não vê desespero, só um homem agitado, em êxtase, feliz...

- Aplaudam. Aplaudam o último ato da Morte do Cisne. Palmas, por favor, muitas palmas

A policial senta-se sobre o teto, encurtando ainda mais a distância. Tranquila, acostumada a lidar com situações como aquela, tenta prender a atenção de Tério. Pelo lado oposto, outro militar vai se aproximando.

- Tenha calma, senhor. Vamos conversar. Olhe para mim. Estamos aqui para ajudar. Mas primeiro, por favor, desça da murada – recomenda num esforço para que ele preste atenção nela dando assim a chance que o seu colega precisa para agarrá-lo.

Mas Tério não escuta e nem presta atenção. Só tem olhos e ouvidos para o público, lá embaixo. É a ocasião ansiada, desde os tempos de São Miguel do Pau dos Ferros. Seu momento único, de gloria. Pena que os são-miguelenses não estivessem ali para vê-lo.

- Aplaudam! Aplaudam!

Vaias e algumas palmas.

- Isso, meu querido público. Palmas. Mais. Mais.

As vaias crescem e as palmas somem.

Estica-se sobre a fina murada, dá alguns passinhos na ponta dos pés como se fosse um bailarino de verdade. Para, ainda se equilibrando numa só perna, e anuncia:

- Agora, *le grande finale:* a Morte do Cisne!

Lá embaixo, o silêncio.

Abre os braços, ergue bem a cabeça, empina o queixo, fecha os olhos...

...e...

...flutua como uma libélula...

...para cair com estrondo nas escadarias do Theatro. Seu sangue escorre degrau a degrau.

O pipoqueiro é o último a ir embora. Rapidinho vendera tudo. Amanhã, quem sabe, poderá ter outro dia tão bom quanto foi o de hoje.

Não teve dúvidas, nem acanhamentos. Sem me conhecer, sentou no meu colo, assim, inopinadamente, no barzinho ao ar livre, na beira da praia. Passou a mão esquerda pela minha face de barba por fazer, sorriu, ajeitou-se um pouco mais tirando a saia debaixo da bunda, enroscou os pés pelas minhas pernas e aliviou-se. Senti o jorro quente sobre as coxas, descendo pelos joelhos, inundando os meus sapatos.

Se Maria Regina era bonita? Mas basta, moça bonita estava ali. Olhos pretos, nariz afilado denunciando que o atrevimento vem dos tempos de menina, boca daquelas que dá vontade de beijar logo que se vê, cintura fina e bunda arrebitada em desassossego. Quer mais? Pernas grossas, coxas lisas, prontinhas para o pecado. Pelo menos parece. Ah, sim: morena. Dessas que deixam a marca do biquíni se exibir em tentação e promessa.

E a pouca vergonha de urinar nas pernas dos homens, de onde vem?

Vem dela mesmo. Dos tempos de menina. Umas poucas de vezes levou moxicão, cascudo e palmada porque de noite urinava na rede. E na cama, também. Tanto fazia. O fato é que se mijava toda. E a mãe reclamava, punia. Maria Regina, cinco anos, ainda molhando a cama! Onde já se viu?

Esperta, a menina passou a urinar nas pernas do pai. Acordava apertada, corria para ele que estava assistindo televisão na sala, sentava no colo e, passado um minutinho, xóóó, se mijava toda. Ele ria, beijava sua cabecinha e ia pegar um pano para enxuga-la. A mãe já estava dormindo. Descansando para se cansar no outro dia arrumando a casa, fazendo a comida, dando banho nela e no irmão, varrendo a casa, lavando os pratos, passando roupa a ferro, tirando a poeira dos móveis, costurando camisas, pregando botão, cuidando de uma coisa e outra.

O pai, coitado, dava um duro danado. O dia inteiro sentado no birô atendendo o telefone, tirando pedido, tomando cafezinho, levando uns dois dedos de prosa com os amigos no café em frente ao escritório.

Mas de noite aboleta-se diante da televisão, na cadeira do papai, banho tomado, sandálias franciscanas, camisa aberta no peito, enquanto a mulher lava a louça do jantar. Era justo, ele chegava sempre tão cansado do trabalho, coitado. Tinha direito a mais um cafezinho, ali mesmo na cadeira, sem precisar se levantar de onde estava. Ou um copo de água bem geladinha.

A mãe, sempre cansada – não se sabia por que, se ela ficava em casa, não trabalhava - dormia cedo. Logo estava ressonando. Era quando Maria Regina, apertada, vinha para sala e se aliviava. Ela e o pai sempre tiveram esse segredo. E ele, muito carinhoso, enxugava a menina, passando o pano e depois beijando lá, bem lá, porque gostava muito dela. Mas a mãe não podia saber, era um segredo deles, só da "princesa Mariazinha e do rei papai". Segredo bom. Muito bom. Porque dava um friozinho gostoso quando ele a enxugava.

Os segredos entre pai e filha foram aumentando. Primeiro, ele foi ao banheiro e deixou a porta aberta. Ela ficou olhando. Queria saber por que ele tinha aquela coisa e ela não. Depois, passou a acompanha-lo quando ia urinar. E a segurar para ele fazer xixi. E a agitar, com sua mão pequena, para que as últimas gotinhas não manchassem a roupa dele. O pai deixava, era muito bonzinho. Até ensinou o jeito de fazer sem machucar. E nessas horas ficava com uma cara engraçada... às vezes até pedia que fizesse mais. Mas era segredo.

Daí para frente, disse para Maria Regina avisar antes de fazer xixi, para que botasse o dele para fora e ela sentasse retendo-o entre as pernas e urinando nele.

Claro que a mãe reclamava da catinga de xixi na cadeira. Perguntava sempre se ela andava urinando ali. O pai era cuidadoso. Enxugava tudo. Mas é que às vezes escorria para baixo, entre o assento e o forro. Aí ninguém alcançava, fedia mesmo. E as roupas molhadas de xixi? Ele dizia que pelo menos a menina não urinava mais na rede, nem na cama.

Uma noite, a mãe acordou com dor de cabeça e saiu do quarto para procurar remédio na cestinha da cozinha onde os medicamentos ficavam. Viu o marido e a filha. Ela com o dele entre as pernas. E ele, olhos fechados, cabeça pendida para trás, a maior cara de que estava aproveitando.

Arrancou-a dali com um puxão. O pai, ficou lívido, sem palavras. A mãe cuspiu-lhe no rosto e saiu carregando a menina para o quarto. Foi uma noite de cão. Terminou com ele saindo pela porta da frente, parece que estava chorando. Nunca mais se viram, pai e mãe. Nem ela, a princesa Mariazinha e o pai rei, voltaram a se encontrar.

Até hoje Maria Regina anda sem calcinha. É que ela não perdeu o costume de menina. Não sente saudades do pai. Só da brincadeira que brincava com ele. Agora, moça feita, brinca com desconhecidos.

A casa era espaçosa, ventilada e acolhedora. Mangueiras centenárias carregadas de flores prenunciam abundância da fruta. Dois cajueiros frondosos carregados de maturís avisam safra generosa.

O que mais me impressionava no nosso terreno era a cerca enorme onde cinco, ou quatro fios de arame farpado se estendiam ao longo dos mais de cinquenta metros de frente, voltados para o areal da avenida. Em paralelas, iam até o portão de madeira, no meio da cerca de estacas de pau-ferro. Delimitavam a fronteira que nos protegia dos moleques de rua, gatunos e papafigo.

Galinhas pedrês, legorne e jersey conviviam sem altercações no nosso terreno, harém de um galo hampshire, penas avermelhadas brilhantes, crista da mesma cor coroando o alto da cabeça. Único macho do terreiro, dá conta de dez fêmeas que produzem ovos grandes e escuros, puxados para o marrom.

Ultimamente as galinhas andam se assustando à toa, sem motivo que justifique o alvoroço. Ficam por ali ciscando e, sem mais nem menos, pinotam em pânico, num arremedo de voo, cacarejando histéricas. Mesmo o galo, um fanfarrão metido a brabo, bate em retirada, alarmado e alarmando, gasguito.

Isso já acontecera outra vez quando Juju, a menina de tranças curtinhas e franja até as sobrancelhas, viera passar férias em nossa casa.

Juju, Bárbara Joana era o nome esquisito da menina, pouco mais de três anos e dada a conversar sozinha. Falava com um velho

que só ela via e escutava. O dedinho fura-bolo apontava a cadeira de balanço – eu juro - oscilando para frente e para trás no alpendre, sem ninguém sentado nela.

Alpendre largo, sombreado pede rede, cochilo e menino brincando sentado no chão de cimento. Japi, um vira-latas amarronzado e cotó, está sempre por perto balançando um rabinho que não tinha mais: cotó, mas valente. É que ele não morde com o rabo.

Mas se acovarda quando Juju está por perto. Nessas ocasiões encrespa o pelo, firma-se nas quatro patas e desanda a latir na direção da cadeira, furioso. Inesperadamente, às vezes, salta de lado ganindo como atingido por uma pedra, um chinelo, um sei lá o quê. O fato é que corre para dentro de casa e fica gemendo baixinho, sem querer voltar lá para fora.

Sabida, a menina encantava todos. Mas também amedrontava com aqueles papos com um velho que só ela via e escutava. Segundo Juju, ele é muito sabido. Adivinha se o ano vai ser bom de inverno ou ruim de seca; se alguém vai ficar doente, se curar ou morrer. Sabe e não esconde. Conta tudo.

Sentadinha no chão brincando com a boneca sem braços, vez ou outra ergue a cabeça, empinando o nariz arrebitado na direção de quem não está ali – para mim - mas bem sentado e conversador - no dizer dela.

- Menina, para com essas tolices. Não tem ninguém aí – mamãe ralhando carinhosa, se pelando de medo.

- Né tolice não, tia. Olha ele ali. Está se rindo, está vendo não? Olha ele se levantando, botando o chapéu na cabeça. Acho que já vai embora.

Claro que ninguém vê. Porque não se pode ver o que não se vê. Não há nenhum velho sentado ali. Tudo imaginação de Juju, daquela cabecinha com duas tranças que iam até os ombros, presas por laços de fita rosa.

- O "Véio" disse que vai morrer gente aqui na casa. E não demora.

A menina ficou dois dias de castigo para não falar mentira, assustar as outras crianças. Mas quem estava com medo eram os adultos. Por via das dúvidas, resolvem chamar uma rezadeira para "dar uns passes" em Juju e acabar com as invencionices dela.

Lindalva, era simpática e gorda. Uns cem quilos esparramados num corpinho miúdo e suarento. Era mulata de falar engraçado, a voz afinando e engrossando como se alguém apertasse a goela dela. Muito engraçada.

- Essa menina é médium – vai logo dizendo. - E médium poderosa.

Passa a mão sobre a cabeça de Juju, sem tocá-la, e os pelos do próprio braço ficam eriçados. Parece um paliteiro, o braço dela.

- É filha de *Iansã*, a deusa que comanda tempestades, ventos e os espíritos dos mortos. É mãe do céu cor de rosa, do entardecer. Róseo é a cor de *Iansã* e dos seus filhos. Por isso, acertou quem botou nas trancinhas da menina essas fitas.

O sol se põe preguiçoso por detrás do manguezal do rio, cobrindo-se com um céu na cor de *Iansã*, amante apaixonada de *Xangô*, orixá dos raios, dos trovões e do fogo.

Mulheres guerreiras, as filhas de *Iansã* não trocam grandes contendas e guerras sanguinárias pela monotonia de um lar. Que ninguém lhes faça uma desfeita ou as contrarie. A resposta virá poderosa e mortal.

- O "Véio" está dizendo para a senhora calar a boca, está ouvindo não? – A menina avisa Lindalva.

A tia de Juju e toda a família têm formação católica. Confessam, comungam e não perdem a missa dos domingos, obrigação prazerosa. Ela sabia que mexer com coisas do outro mundo, como essas, os padres não aprovam. Mas é uma urgência, fazer o quê? A menina está a cada dia pior. Vendo mal assombro.

- A senhora vê alguma coisa, Dona Lindalva? – pergunta a tia dela.

- Desde que cheguei tem um velho sentado ali naquela cadeira de balanço. De sandália de rabicho, calça de mescla e camisa de algodão. Um espírito.

- Minha Nossa Senhora – exalta-se minha mãe benzendo-se, toda arrepiada. - Igualzinho ao que a menina diz que vê. É verdade mesmo que tem um velho aí?

- Verdade-verdadeira. Mas não ouço o que ele diz. Só quem ouve é a menina porque ela é um espírito muito evoluído. Um espírito de luz. Preciso rezar para que ela defenda a família de vocês, proteja de uma tragédia que está para acontecer. E precisa ser agora. Por favor me acompanhem nesta oração. O que eu disser, vocês repetem:

"Santa Bárbara, que sois mais forte que as torres das fortalezas e a violência dos furacões, (todos repetem em coro) fazei que os raios não me atinjam, os trovões não me assustem e o troar dos canhões não me abalem a coragem e a bravura (repetem).

"Ficai sempre ao meu lado para que possa enfrentar de fronte erguida e rosto sereno (repetem) todas as tempestades e batalhas de minha vida (repetem), para que, vencedor de todas as lutas, com a consciência do dever cumprido (repetem), possa agradecer a vós, minha protetora (repetem), e render graças a Deus, criador do céu, da terra e da natureza (repetem): este Deus que tem poder de dominar o furor das tempestades (repetem) e abrandar a crueldade das guerras (repetem). Por Cristo, nosso Senhor. Amém."

- Amém – proclamam em coro. Minha mãe pergunta:

- Como é que você sabia que o nome dela era Bárbara? Alguém lhe contou?

Não, ninguém contara. Só coincidência parece. Coisa óbvia, já que Juju, por ser filha de *Iansã,* tinha que se chamar Bárbara, nos saberes da benzedeira.

Sentindo a consciência pesada e com medo dos castigos do alto, minha mãe acha por bem contar tudo ao capelão da igreja que a família frequenta.

- Mas logo a senhora, Dona Florinda! Uma das fiéis mais devotadas da nossa igreja, que tem me ajudado tanto, participado das oficinas de orações...

- Desculpe, padre Martins...

- Desculpe coisa nenhuma. A senhora mexendo com essas crendices, com essas coisas, com bruxaria. Eu proíbo, viu? Que não se repita, está me ouvindo, Dona Florinda?

- Estou, sim senhor.

-Hoje, antes da missa das cinco, aí pelas 4 da tarde, vou à sua casa para rezar junto com a menina e fazer com que essas coisas desapareçam. É nessas horas que Jesus testa a fé das pessoas. – E mais colérico ainda - Tenha fé, Dona Florinda. Fé! Onde já se viu uma aberração dessas! Dez padres nossos, dez ave Maria, um credo e duas salve rainha. E de joelhos, tá ouvindo? Fé, Dona Florinda. Fé!

Lindalva viria hoje à tarde para dar passes em Juju. Mas recebe um recado que não é mais preciso nem hoje e nem nunca. Ela fica transtornada. Diz que tem de falar com a família pois uma coisa terrível está para acontecer; que por *Iansã*, por Santa Bárbara, a ouçam.

Mas ninguém quer conversa. Ao contrário, respondem que nunca mais ponha os pés naquela casa ou dirija a palavra a alguém da família.

Juju hoje acordou sem fome. Não quis almoçar mesmo sem ter comido quase nada no café da manhã. Ficou o tempo todo lá no alpendre monossilábica - sim e não - só respondendo às perguntas do amigo invisível, o "Véio".

O céu vai sendo tomado por nuvens escuras no começo da tarde. Ainda dá para enxergar um pouco de claridade antes das quatro horas, quando padre Martins bate palmas diante do portão. Japi sai em disparada, latindo furioso na direção da visita com a batina preta abotoada até o pescoço. Ao passar pela cadeira de balanço, o cachorro estanca, baixa as orelhas e o toquinho do rabo e volta para dentro de casa, amofinado. Uma chuva fina vai escorrendo de um céu iluminado por relâmpagos, ao som de trovões assustadores.

Minha mãe sai apressada para receber o reverendo, levando uma sombrinha. Ele estende-lhe a mão ao mesmo tempo em que, com a outra, se apoia num dos arames da cerca. A chuva é forte, agora

Nesse instante, a claridade azulada de um relâmpago ilumina o alpendre, o olhar chocado de Juju e o menear de cabeça de um ancião que se levanta da cadeira de balanço, barba por fazer, faces encovadas, chapéu de palha que agora todo mundo vê. Uma centelha de fogo percorre o arame farpado onde está a mão do padre. No mesmo momento, a cerca e o portão são destroçados, um galho da laranjeira despenca, o vento ruge alto no telhado, Japi, gane e late desesperado, frutas veres desprendem-se dos galhos das magueiras e cajueiros, açoitados pelo vento forte. O temporal dispara mais raios e trovões aterradores na investida derradeira contra os que abriram mão da proteção dos orixás.

Em meio à tormenta, ninguém ouviu o grito curto de Dona Florinda, tia de Juju e minha mãe que apertava a mão do padre, em cumprimento. Nem o último som emitido pelo religioso na agonia da morte. Veem apenas os dois caídos de costas, inertes, a chuva lavando os olhos esbugalhados pelo espanto sem nada enxergar.

As pessoas, em estado choque, observam a moça de vestido rosa, quase vermelho, com uma adaga na mão direita. Bonita, longos cabelos negros amarrados em um rabo de cavalo, ela olha a tragédia e parece satisfeita. Em seguida o "Véio" passa pelos restos incandescentes da cerca. Na avenida, tira o chapéu e faz um último aceno para Juju, dá o braço à moça e, caminhando, o casal desaparece logo adiante em meio à chuva fininha em que se transformara a tempestade.

Japi sobe nos joelhos de Juju, firma-se nas patas traseiras balançando o que lhe resta de rabo em atitude de submissão e respeito.

Amina tem quatorze anos. Desde os dez trabalha no Rana Plaza, um prédio enorme e antigo, de oito andares, no centro de Daca onde cerca de três mil outras pessoas, a maioria crianças e adolescentes, exercem o mesmo ofício dela: costurar-costurar-costurar e costurar roupas que jamais irão vestir. Ganha o equivalente a 8 reais por dia, 150 takas na moeda de Bangladesh. É um bom salário para quem entrou na "fábrica" recebendo apenas 1500 takas (64 reais) no final do mês, com direito a um dia de folga a cada trinta trabalhados, se for mês de 31 dias. Nos outros, tem folga não.

Amina é diferente dos demais trabalhadores que quase não sorriem. E quando o fazem é sem alegria. A tristeza escapa lá de dentro, disfarçando-se num sorriso, para que o chefe não veja o tamanho da dor e os mandem embora. O patrão já disse que quem fica pensando em desgraça rende menos porque rouba a concentração no trabalho.

Ela não é assim, quando sorri, sorri de verdade, de alegria. Com o pai, doente, aprendeu a economizar. Entrega tudo o que recebe à mãe. Tudo não, só o inteiro. Dos 64 reais na moeda local, fica com quatro que guarda num mealheiro de barro. O pai – bom em fazer conta - disse que ela já tinha uma pequena fortuna: mais de 4200 takas. E agora que fez 14 anos, vai completar 5 mil. Logo-logo terá dinheiro para realizar o seu sonho.

Anwara é vivedora, otimista. Mandou a tristeza embora desde que começou a trabalhar no Rana. E tem muito orgulho disso. Com a mesma idade de Amina, terá que estagiar um ano ganhando 1500 takas, como aprendiz. Depois, aprendida, receberá o mesmo salário da amiga. Ela é de Myanmar, antiga Birmânia, e está em Bangladesh como refugiada. Foi levada de casa por duas mulheres numa camionete, para escapar da miséria do seu país. Uma caridade, o que elas fizeram. Mas teve que pagar caro. Obrigaram-na a se prostituir aos doze anos para indenizar as despesas da viagem. Mas isso ficou lá atrás, não tem mais importância agora.

Anwara é a melhor amiga de Amina e também tem seu sonho. E para conseguir realiza-lo vai fazer como a colega, economizar. Não é fácil para essas duas meninas a vida num país menor que o Uruguai, mas com uma população que já ultrapassa os 157 milhões de habitantes. Quatorze milhões só na capital. Com altos índices de miséria, mesmo sendo o segundo maior fornecedor de roupas prontas para as grifes mais famosas e caras do mundo, nada acontece para mudar a vida por lá.

- O prédio pode ser feio, Amina - diz Anwara sentada no chão comendo pão sem manteiga acompanhado de um copo de leite a que tem direito antes de começar a jornada de trabalho - mas o barulho das máquinas de costura, a beleza desse monte de tecido colorido me dão uma alegria, uma satisfação que você nem imagina. Saber que pessoas ricas e famosas do mundo todo estão usando roupas que eu fiz, é demais. Fico no maior orgulho. É maravilhoso, lindo.

- E aqueles fios elétricos espalhados no chão, tem medo não? Pois eu tenho, me dá um medo danado de levar um choque e morrer.

- Ai, para Amina! Não pensa em coisa ruim. É só prestar atenção, não pisar e pronto. Vamos falar dos nossos sonhos que é muito melhor...

Anwara também acha que dá para economizar até cinco reais por mês como aprendiz. Depois, pelo menos as mesmas 326 takas, como faz a amiga agora.

- Com o que estou guardando acho que daqui a cinco anos vou poder ir para a Disneylândia. Vai dar, tenho certeza.

- E eu vou trazer minha mãe lá de Myanmar sem que ela precise virar puta para pagar a passagem. Basta Deus querer e eu economizar. Ele vai querer, tenho certeza.

- E seu pai, não vai trazer? Vai deixar ele lá?

- Eu não tenho pai, Amina. Nunca tive. Se tive, minha mãe nunca falou nele. Também, não quero saber. Para quê?

- Olhe, Anwara, eu sei que não gosta que eu fale nesses assuntos. Mas você é minha amiga e tenho que lhe dizer: estou com muito medo das rachaduras nas paredes daqui. E ainda tem uns estalos que apareceram agora. Estou com um medo danado, tenho que lhe dizer.

-Ai, como você é medrosa. Vocês aqui em Bangladesh são muito cheios de besteiras. A gente trabalha numa fábrica que faz roupas para o Wal-Mart, a Benneton, Zara, Mango... as maiores grifes do mundo e você com esses fricotes. Tome tenência, menina. Erga as mãos para os céus e agradeça ao nosso bom Deus pelo muito que ele nos dá todos os dias. Tem gente que nem nós que não tem emprego nenhum, vive passando fome, esmolando. Gente até mais velha.

-Mas é que eu me pelo de medo.

-Medo do quê? Esse medo deve ser por causa da vida boa que vocês levam em Bangladesh. Você não sabe o que é sofrer. Aos 11 anos fui estuprada em Myanmar quando estava brincando com os meninos vizinhos. Um deles, o maior, me levou para a floresta. Desde aquele tempo não sei mais o que é brincar.

As duas se encaminham para as máquinas de costura reiniciando a jornada diária de dez horas de trabalho. Ao meio-dia terão 30 minutos de folga para almoço, um prato de arroz branco com um naco de carne e um copo d'água. Prometem se encontrar no intervalo e se despedem felizes, seguindo cada uma para seu posto.

Às 9 horas e 1 minuto o edifício Rana Plaza desmorona matando mais de mil e cem pessoas e deixando outras duas mil e quinhentas feridas.

Os nomes de Amina e Anwara não estão na lista dos sobreviventes.

MICROCONTOS:

A BARATA E A INTELIGÊNCIA ARTIFICIAL
Quase pesadelo

Acordou com a barata passando-lhe por cima dos lábios. Pertinho, a cortina de voille pestanejava, o assistente pessoal informava as notícias, a temperatura e o trânsito; a cafeteira começava a preparar o café sob ordem da inteligência virtual. E a barata nojenta parece que vai deixar seus lábios... afinal isso aqui é uma mansão e não um barraco da favela ao lado.

Nada de novo na favela do Maruim
Só no feijão lá de casa

Pedro estava na rua, Tonho no portão, Bel no balanço, Chico correndo atrás de uma bola murcha, nariz escorrendo, o bucho cheio de lombriga, a cabeça infestada de piolhos, os pés de bichos-de-pé - tudo normal na favela do Maruim.
 A notícia boa é que hoje, lá em casa, tem carne no feijão.

Pés pequenos, olhos de jabuticaba
Ladeira abaixo, tem uma pedra

Marinalva tinha pés pequenos e bonitos que nem os olhos, parecendo duas jabuticabas verdes. Hoje ela tá com o tesão chegando até as orelhas onde o namorado, ainda há pouco, meteu a língua.
A pedra enorme – mais de 100 toneladas - despregou-se do alto do morro e, rolando ligeiro, caiu bem nos braços de Marinalva. Matou a moça e o tesão dela. Também.